Martin Barkawitz

Frauentöter

Verlag:
BookRix GmbH & Co. KG
Sonnenstraße 23
80331 München
Deutschland

Lektorat: Dr. Andreas Fischer
Covergestaltung: Wolkenart - Marie-Katharina Wölk,
www.wolkenart.com
Satz: ebokks, Hildesheim
Copyright © Martin Barkawitz 2018
Druck: BoD, Norderstedt
ISBN: 978-3-7438-7073-4

BookRix
www.bookrix.de

Alle Rechte, insbesondere das Recht der Vervielfältigung und Verbreitung sowie der Übersetzung, vorbehalten. Kein Teil des Werkes darf in irgendeiner Form (durch Fotokopie, Mikrofilm oder ein anderes Verfahren) ohne schriftliche Genehmigung des Verlages reproduziert oder unter Verwendung elektronischer Systeme gespeichert, verarbeitet, vervielfältigt oder verbreitet werden.

Vorbemerkung

Dies ist ein Roman. Die Handlung ist frei erfunden. Alle Ähnlichkeiten mit tatsächlichen Ereignissen oder eventuelle Namensähnlichkeiten sind nicht beabsichtigt und wären rein zufällig.

Inhalt

Serienkiller im Fadenkreuz!

Als die Hamburger Polizei den mehrfachen Frauenmörder Dennis Schaper verhaftet, tauchen für Hauptkommissarin Heike Stein ganz neue Probleme auf. Selbsternannte Gerechtigkeitsfanatiker kommen an den eingesperrten Verbrecher nicht heran. Also stehen nun seine Ehefrau und sein Kind auf der Abschussliste des Lynchmobs. Oder ist Janina Schaper doch in die Bluttaten ihres Mannes verwickelt?
Und dann gibt es noch eine Bedrohung im Hintergrund, mit der Heike Stein überhaupt nicht rechnet. Bei weiteren Ermittlungen zeigt sich erst das ganze Ausmaß der Verbrechensserie. Und dann eskaliert die Situation.
Die Hauptkommissarin schwebt in akuter Lebensgefahr. Wird Heike Stein den heimtückischen Angriff rechtzeitig durchschauen?

1

Das Mobile Einsatzkommando kam zu spät.

Als die Eliteeinheit der Hamburger Polizei das Abbruchhaus in Bahrenfeld stürmte, waren die beiden jungen Frauen bereits tot.

Der Raum mit den Schimmelecken und der abblätternden Farbe auf den Wänden glich einem Schlachthaus. Wie sich später herausstellte, war der Tod von Saskia Rottmann und Nadine Tespe nur knapp eine Stunde vor dem Zugriff eingetreten. Und der Mörder dieser beiden jungen Frauen hatte bereits die Flucht ergriffen.

Doch dabei stellte der Verbrecher sich sehr dilettantisch an. Vielleicht fühlte er sich auch unangreifbar, weil das Töten ihn in einen Blutrausch versetzt hatte. Auf jeden Fall hatte der Killer mit Saskia Rottmann telefoniert, bevor sie ihm in die Falle gegangen war. Seine Mobilfunknummer befand sich noch im Anrufspeicher des Opfers.

Womöglich hatte er schlicht und einfach vergessen, ihr Smartphone mitzunehmen oder zu zerstören.

Die Polizei konnte im Handumdrehen seinen Namen ermitteln.

Der dringend Tatverdächtige hieß Dennis Schaper. Er hatte es noch nicht einmal für nötig befunden, sein eigenes Handy auszuschalten. Nur kurze Zeit nach der erfolglosen Aktion in Bahrenfeld drang das Mobile Einsatzkommando in ein Einfamilienhaus in Poppenbüttel ein. Laut Melderegister lebte Dennis Schaper dort mit seiner Ehefrau Janina und seiner Tochter Rabea.

Von der Frau und dem Kind fehlte jede Spur.

Die Beamten fanden den mutmaßlichen Mörder in einem fensterlosen Kellerraum, dessen Wände mit perversen Fotomontagen bedeckt waren. Die Bilder stammten teilweise aus alten vergilbten Pornoheften, andere waren heimlich aufgenommene Schnappschüsse, die offenbar ohne das Wissen der Frauen geschehen waren.

Außerdem gab es zahlreiche Lippenstifte, Puderdosen und andere persönliche Gegenstände von Frauen.

Trophäen?

Diese Frage ließ sich später immer noch klären.

Die Elitepolizisten brachten Dennis Schaper zu Boden und legten ihm Handschellen an. Sie stellten bei ihm sogar die Tatwaffe sicher, ein langes scharfes Gemüsemesser. Wie sich später bei den Obduktionen herausstellte, waren damit sowohl Saskia Rottmann als auch Nadine Tespe ermordet worden.

Der Mordfall schien aufgeklärt zu sein.

Doch damit fing der Alptraum für Hauptkommissarin Heike Stein erst richtig an.

2

Am nächsten Morgen ließ Kriminalrätin Dr. Laura Brink im Konferenzraum der Sonderkommission Mord ihren Blick über die Gesichter ihrer Untergebenen schweifen.

Da war die kleine Streberin Melanie Russ – zuverlässig, aber fantasielos. Ihr Dienstpartner Rüdiger Koslowski sah wieder einmal so aus, als ob er die Nacht auf der Reeperbahn durchgemacht hätte. Seine Augen waren wie üblich mit dunklen Ringen verunziert. Die Kriminalrätin wäre ihn gern losgeworden, aber sein Nachfolger würde womöglich noch schlimmer sein. Außerdem verfügte er über gute Unterwelt-Kontakte und war der richtige Mann, um in No-Go-Areas zu recherchieren. Niemand hätte Koslowski für einen Polizisten gehalten. Nach Meinung von Frau Dr. Brink sah er eher wie ein Langzeitarbeitsloser oder wie ein osteuropäischer Leiharbeiter aus, und das war manchmal von unschätzbarem Vorteil. Besonders bei Undercover-Einsätzen.

Ben Wilken wirkte hingegen gepflegt, wenn auch etwas langweilig. Die Kriminalrätin musste ihm zubilligen, dass er gut aussah. Wenn sie auf Männer gestanden hätte ... aber erstens war das nicht der Fall, und zweitens hielt sie den Hauptkommissar für eine Schlaftablette.

Was Heike Stein nur an ihm fand? Das würde Dr. Laura Brink niemals verstehen. Angeblich war die Affäre der beiden ja vorbei, doch davon glaube die Chefin kein Wort. Seit Wilkens Ehefrau Maja mit einem baltischen Mafioso durchgebrannt war, schienen Heike Stein und Ben Wilken einander wieder näherzukommen.

Dr. Laura Brink hätte vor Eifersucht platzen können. Ihre Hassliebe zu Heike Stein war immer noch nicht abgekühlt. Und sie wusste auch nicht, wie sich das jemals ändern sollte. Vor allem, wo sie sich doch jeden Tag bei der Arbeit sahen.

Die Kriminalrätin straffte sich und hoffte, dass ihr Mienenspiel nichts von ihren Gedanken verriet. Nicht umsonst wurde sie von ihren Mitarbeitern hinter ihrem Rücken *Wikingerkönigin* genannt. Dr. Laura Brink war heilfroh darüber, dass sie nach außen große Kühle und Distanz ausstrahlen konnte. Wie es in ihrem Inneren aussah, ging doch sowieso niemanden etwas an.

Immerhin hatten Heike Stein und Ben Wilken innerhalb kürzester Zeit einen dramatischen Doppelmord aufklären können. Und diesen Erfolg ihrer Mitarbeiter konnte Frau Dr. Brink sich natürlich an ihre Fahne heften, was sie auch tun würde.

„Ich habe gerade noch einmal mit Hauptkommissar Lemke telefoniert", verkündete sie. „Der MEK-Kommandant bedauert es sehr, dass die Opfer nicht rechtzeitig gerettet werden konnten. Andererseits ist es gelungen, den Tatverdächtigen aufgrund Ihrer Recherchen festzunehmen, Frau Stein und Herr Wilken."

Kommissarin Melanie Russ und Rüdiger Koslowski warfen der Chefin fragende Blicke zu. Frau Dr. Brink wandte sich an Heike.
„Frau Stein, da Ihre beiden Kollegen erst heute aus dem Urlaub zurückgekehrt sind, sollten Sie den Fall noch einmal

kurz zusammenfassen. Womöglich werden Frau Russ und Herr Koslowski Ihnen bei der weiteren Sichtung des Beweismaterials helfen müssen. Laut Herrn Lemke muss der Mörder sich in seinem Haus einen richtigen Fetisch-Raum eingerichtet haben."

Die blonde Kriminalistin nickte ihrer Vorgesetzten zu, ihr Gesichtsausdruck war neutral. Die Kriminalrätin fand, dass Heike Stein an diesem Morgen besonders attraktiv aussah, obwohl sie mit Jeans, Baumwollpullover und Tweed-Jackett alles andere als aufreizend gekleidet war. Dennoch – die Vorstellung, mit ihren Fingern durch Heikes Haar zu streichen, ließ Frau Dr. Brink abwechselnd kalte und heiße Schauer über den Rücken laufen. Sie versuchte krampfhaft, sich auf den Fall zu konzentrieren.

„Vor einer Woche erstattete eine junge Frau namens Alisha Gomez auf der Davidwache Strafanzeige", begann Heike mit ihren Erklärungen. „Sie war in der Silbersackstraße von einem Mann in sein Auto gezerrt worden, er bedrohte sie mit einem Messer. Doch sie konnte in seinen Unterarm beißen und aus dem Fahrzeug entkommen."

„Am Arm unseres Tatverdächtigen sind übrigens noch Abdrücke ihrer Zähne zu erkennen", ergänzte Frau Dr. Brink. „Diese versuchte Entführung werden wir ihm also ebenfalls anlasten können."

„Was für ein Auto fährt der Dreckskerl?", wollte Koslowski wissen.

„Alisha Gomez kennt sich mit Fahrzeugmarken nicht aus, sie beschrieb den Wagen als einen dunklen SUV", entgegnete Heike. „So konnten wir auch die Verbindung zu den beiden weiteren Taten herstellen. Als nämlich vor zwei Nächten Nadine Tespe verschwand, stieg sie laut Zeugen auf der Reeperbahn in einen schwarzen SUV."

„Und seitdem gab es kein Lebenszeichen mehr von ihr?", fragte Melanie Russ.

Heike schüttelte den Kopf.

„Die Zeugen waren allerdings ziemlich betrunken, was angeblich auch auf Nadine Tespe zutraf. Sie war mit Freundinnen auf St. Pauli feiern gewesen. Es hieß, sie würde normalerweise nie zu einem Fremden ins Auto steigen."

„Also war der Täter womöglich ein Bekannter?", hakte Koslowski nach.

Nun ergriff Ben Wilken, Heikes Dienstpartner, das Wort. Für einen stillen Mann wie ihn war es ungewöhnlich, dass er freiwillig zu reden begann.

„Richtig, und dort setzten unsere Ermittlungen an. Vor allem, nachdem in der darauffolgenden Nacht eine weitere Vermisstenanzeige aufgegeben worden war. Wieder verschwand eine junge Frau im Vergnügungsviertel, auch sie war alles andere als nüchtern, und erneut wurde ein dunkler SUV gesichtet."

„Das ist übrigens der Unterschied zu dem ersten Vorfall", sagte Heike. „Alisha Gomez war im Gegensatz zu den anderen Frauen stocknüchtern, weil sie von ihrem Putzjob kam. Sie erkannte die Gefahr, wehrte sich heftig und konnte deshalb lebend entkommen."

„War ausschließlich Alkohol im Spiel?", wollte Melanie Russ wissen. „Es könnte doch sein, dass der Täter den Frauen vorher K.-o.-Tropfen in den Drink gekippt hat."

„Die Obduktionsergebnisse liegen noch nicht vor", antwortete die blonde Kriminalistin. „Aber du hast einen wichtigen Punkt angesprochen, Melanie. Womöglich hat der Täter die Konsequenzen aus dem misslungenen ersten Angriff gezogen. Dennis Schaper erkannte, dass er bei einer nicht berauschten Frau mit Widerstand rechnen musste. Also fädelte er seine nächsten Versuche so ein, dass die Entführungen reibungslos über die Bühne gingen. Und der Erfolg gab ihm recht, so pervers das auch klingen mag."

„Der Killer heißt also Dennis Schaper?", vergewissert Koslowski sich. „Wurde er schon vernommen?"

„Ben und ich werden ihn uns gleich nach der Dienstbesprechung vorknöpfen", sagte Heike. „Doch selbst wenn er nicht gestehen sollte, sieht die Indizienlage erstklassig aus. Schaper fährt einen schwarzen SUV, der bereits kriminaltechnisch untersucht wird. Ich wette, dass die Kollegen in dem Fahrzeug DNA von allen drei Frauen sicherstellen können. Und als Schaper verhaftet wurde, fanden die Kollegen bei ihm ein Gemüsemesser. Falls es sich um die Tatwaffe handelt, wird sich das aufgrund der Einstichkanäle eindeutig beweisen lassen."

„Der Mörder hat bei Saskia Rottmann zwölfmal und bei Nadine Tespe achtzehnmal zugestochen", ergänzte Ben Wilken. Sein Gesicht erinnerte an eine wächserne Maske, er hielt den Blick auf seine Unterlagen gesenkt.

„Ich will nicht den Superschlauen mimen, aber wäre für den Fall nicht anfangs sowieso die Vermisstenabteilung zuständig gewesen?", fragte Koslowski. „Diese Alisha Gomez wurde doch weder verletzt noch ermordet."

„Keine Sorge, für superschlau hält Sie gewiss niemand, Herr Koslowski", ätzte die Chefin. „Trotzdem ist Ihr Einwand berechtigt. Die zuständigen Kollegen waren stark überlastet, und da der massive Angriff mit einem Messer als Mordversuch angesehen wurde, landete der Vorgang bei uns. Und das war ja auch gut so, denn Frau Stein und Herr Wilken konnten schnell einen Erfolg vorweisen."

„Leider nicht schnell genug", seufzte Heike. „Die beiden Mordopfer könnten noch leben, wenn wir fixer gewesen wären. Dennis Schaper hat Saskia Rottmann und Nadine Tespe nacheinander in seine Gewalt gebracht und sie dann brutal ermordet."

„Wie seid ihr dem Dreckskerl denn nun eigentlich auf die Schliche gekommen?"

Offenbar fühlte Ben sich von Koslowskis Frage angesprochen, jedenfalls war er es, der antwortete.

„Heike und ich fuhren nach St. Pauli und sprachen mit den Zeugen der letzten Entführung. Eine junge Frau erinnerte sich an ein wichtiges Detail. Sie war sicher, dass sich in dem Hamburger Nummernschild des SUVs die Buchstabenkombination KC sowie die Ziffer Neun befanden."

„Also habt ihr die Fahrzeugmenge eingegrenzt, auf die der Hinweis zutraf?"

„Richtig, Rüdiger. Allerdings waren es immer noch hunderte von Fahrzeughaltern, deren Überprüfung sehr viel Zeit gekostet hätte. Da hatte Heike die Idee, dass der Entführer seine Opfer wohl kaum zu Hause im Wohnzimmer gefangen halten würde. Also machten wir einen Datenabgleich mit dem Grundbuchamt sowie diversen Immobilienmaklern. Wir wollten herausfinden, ob einer dieser Fahrzeughalter womöglich ein einzeln stehendes Haus oder etwas Ähnliches gemietet oder gekauft hatte."

Heike ergänzte: „Die Makler haben sich natürlich wegen Datenschutz geziert. Andererseits wollte keiner von ihnen in ein Kidnapping oder mögliche Morde hineingezogen werden. So bekamen wir schließlich die Adresse von der Schrottimmobilie in Bahrenfeld. Wir sprechen von einem stark renovierungsbedürftigen Einfamilienhaus am Ende einer Stichstraße. In unmittelbarer Nähe liegen ein Parkplatz und die Lagerhalle eines Reifenhändlers. Eine ideale Gegend für einen Verbrecher, neugierige Nachbarn sind nicht zu befürchten. – Wenn wir das Gemäuer gestürmt hätten, ohne auf die Spezialkräfte zu warten, könnten die Frauen noch leben!"

Den letzten Satz hatte Heike laut hervorgestoßen, und die Kriminalrätin konnte ihre Frustration förmlich spüren. Diese Haltung roch nach Rebellion und durfte auf keinen Fall geduldet werden.

Die Chefin zog die Augenbrauen zusammen und warf der Hauptkommissarin einen harten Blick zu.

„Dafür gibt es keinen Beweis, Frau Stein! Sie haben sich streng an die Dienstvorschriften gehalten, was bei Ihnen bekanntlich ja nicht immer vorkommt. Außerdem hatte der Mörder das Haus schon verlassen, als Sie dort eintrafen."

Heike schien eine Erwiderung auf der Zunge zu haben. Doch dann entschied sie sich doch dafür, lieber den Mund zu halten.

Die Kriminalrätin genoss diesen kleinen Triumph. Es geschah nicht allzu oft, dass sie bei dieser aufmüpfigen und doch so begehrenswerten Person das letzte Wort hatte.

„Vernehmen Sie Dennis Schaper und bringen Sie mir ein Geständnis", ordnete Frau Dr. Brink an. „Außerdem will ich wissen, was mit der Ehefrau und der Tochter des Mordverdächtigen geschehen ist. Womöglich hat er sie auch umgebracht."

3

Adrian Bäumer war am Ende seiner Kräfte.

Er fror, seine Muskeln schmerzten und der eisige Regen prasselte durch die Baumwipfel des Sachsenwaldes unerbittlich auf ihn herab. Und trotzdem fühlte er sich glücklich, denn sein Ziel war zum Greifen nahe.

Adrian hatte sich abseits der Wanderrouten durch den weitläufigen Forst bewegt. Der durchtrainierte Fünfundzwanzigjährige kam sich in diesem Moment so vor wie seine großen Idole, die schon in längst vergangenen Jahrhunderten über die Grenzen des menschlich Möglichen hinweg gegangen waren.

Die Ninjas.

Adrians Schritte waren nicht lauter als das Huschen einer Maus. Er nutzte jede Deckung, verschmolz mit seiner Umgebung. Teilweise bewegte er sich auf allen Vieren oder glitt wie eine Schlange direkt über den Waldboden. Trotz der Erschöpfung funktionierten seine Sinne mit der Präzision eines Uhrwerks.

Doch er wurde trotzdem überrumpelt.

Die schwarzgekleideten Vermummten kreisten ihn ein und griffen ihn an. Adrian schnellte hoch und erwischte einen Angreifer mit einem Fußtritt, während ein anderer Widersacher ihn von hinten packte. Seine Arme wurden so weit gedehnt, dass die Sehnen zu reißen drohten. Adrian konnte sich kurz freikämpfen, um gleich darauf durch einen fürchterlichen Schlag auf den Hinterkopf niedergestreckt zu werden.

Andere Männer wären durch einen solchen Treffer bewusstlos zusammengesackt, doch Adrian war hart im Nehmen. Jahrelanges Training, Meditation und bewusste Entbehrungen hatten seine Schmerztoleranz verändert. Es kam ihm so vor, als ob ein Blitz durch seinen Kopf jagen würde. Außerdem machte sich ein leichtes Schwindelgefühl breit.

Doch er kämpfte weiter. Adrians Fingerknöchel bluteten. Er schenkte seinen Gegnern nichts, während er sich mit Fausthieben und Fußtritten einen Weg aus der Umzingelung bahnte.

Schließlich ging einer der Dunkelmänner zu Boden, Adrian sprang über ihn hinweg und wollte zwischen den dicht an dicht stehenden Baumstämmen verschwinden. Da ertönte plötzlich eine befehlsgewohnte Stimme.

„Halt!"

Adrian drehte sich um und zog seine eigene Ninja-Maske vom Gesicht.

Natürlich war ihm bewusst gewesen, dass ihn nicht feindselige Fremde überfallen hatten. Seine eigenen Club-Kameraden hatten ihm aufgelauert, mit denen er Woche für Woche eifrig die traditionellen Ninja-Kampftechniken übte. In einem richtigen Ernstfall hätte er auf die tödlichen Waffen zurückgegriffen, mit denen die japanischen Schattenkrieger ausgerüstet gewesen waren.

Nun trat der Meister auf ihn zu, ein drahtiger Sechzigjähriger mit einem kurzgeschnittenen weißen Vollbart.

„Du hast die Prüfung bestanden, Adrian", sagte er lakonisch. „Ich gratuliere."

Auch die Männer, mit denen er sich gerade noch heftig geprügelt hatte, kamen nun zu ihm. Sie klopften ihm auf die Schulter.

Adrian merkte erst jetzt, wie ausgelaugt er wirklich war. Sein Sportkollege Mathis erklärte sich bereit, ihn im Auto mit zurück nach Hamburg zu nehmen. Auch die übrigen Freizeit-Ninjas beendeten den Outdoor-Termin.

Adrian und Mathis marschierten zu dem Wanderparkplatz,

wo der Toyota Corolla abgestellt war. Mathis ließ den Motor an und warf Adrian grinsend einen Seitenblick zu.

„Feierst du deine bestandene Prüfung jetzt mit deiner Freundin?"

„Ich weiß gar nicht, ob Saskia überhaupt da ist", schränkte Adrian ein. „Sie wollte mit ihren Freundinnen auf die Piste, das kann lange dauern."

Mathis verzog den Mund, während er losfuhr.

„Ja, es kann lange dauern und ist bestimmt nicht so gesund wie unser Training."

Adrian lachte.

„Was glaubst du, wie viele Leute uns für verrückt erklären würden wegen dem, was wir machen?"

„Das ist mir egal", behauptete Mathis. „Den eigenen Körper und Geist zu stählen ist gewiss sinnvoller als ihn mit Alkohol und Nikotin zu zerstören."

Darauf erwiderte Adrian nichts. Er lebte nicht so asketisch wie sein Sportkamerad und trank gelegentlich mal ein Bier, während Mathis sich nur Wasser und grünen Tee in die Kehle schüttete. Außerdem lebte Mathis auch noch vegan, was angesichts seines breiten Kreuzes und seiner dicken Muskelpakete kaum jemand glauben konnte.

Für ihn gab es nur das Training und die gesunde Ernährung, für eine Freundin hatte er angeblich keine Zeit.

Adrian sah die Dinge anders. Er liebte Saskia, auch wenn sie einen völlig anderen Lebensstil pflegte als er selbst. Deshalb hielt er ihr auch keine Moralpredigten, wenn sie nach einer durchgefeierten St.-Pauli-Nacht mit reichlich Schlagseite zu ihm kam.

Er akzeptierte sie so, wie sie war.

Und er freute sich darauf, sie endlich wieder in seine Arme schließen zu können. Wenn er die Augen zumachte, glaubte er, Saskias weiche Haut zu spüren. Der Duft ihrer frisch gewaschenen langen Haare schien ihm in die Nase zu steigen. Seinen eigenen Körpergeruch sowie den Gestank seiner schmutzigen nassen Ninja-Kleidung nahm Adrian schon gar nicht mehr wahr.

„Pennst du schon?"

Mathis' Stimme riss ihn aus seinen Träumereien. Adrian grinste innerlich. Sein Sportkumpel war ihm sympathisch, aber für ein Männergespräch definitiv der falsche Partner. Er hatte Mathis sogar im Verdacht, mit seinen vierundzwanzig Jahren noch eine männliche Jungfrau zu sein. Das würde zumindest seine Verbissenheit und Humorlosigkeit erklären, jedenfalls nach Adrians Meinung.

„Nein, ich penne nicht. Aber das Prüfungstraining hatte es ganz schön in sich. Ich brauche jetzt erst mal eine heiße Dusche."

Beinahe hätte Adrian auch noch gesagt: Und ein kaltes Bier. Doch diese Ergänzung verkniff er sich. Auf eine der typischen Mathis-Moralpredigten konnte er getrost verzichten.

Adrian lebte in einem hässlichen Hochhaus an der Borgfelder Straße. Mathis ließ ihn dort aussteigen.

„Danke fürs Mitnehmen, wir sehen uns dann beim Training."

Der muskelbepackte Veganer winkte zum Abschied und gab wieder Gas.

Wenig später stand Adrian unter der Dusche und ließ das heiße Wasser über seinen zerschundenen Körper fließen. Er schloss die Augen und genoss es, wie seine Haut durch die Benetzung mit der Flüssigkeit geschmeidiger wurde. Eine Welle der Entspannung überrollte Adrian.

Leider war Saskia bei seiner Rückkehr nicht in seiner Wohnung gewesen, aber er vertraute ihr. Adrian beschloss, sie später anzurufen. Er wollte sich nicht als Kontrollfreak aufspielen, aber seine Sehnsucht nach ihr war einfach sehr groß.

Das Schrillen der Türklingel unterbrach die angenehmen Tagträume von seiner hübschen Freundin.

Schmunzelnd stellte Adrian das Wasser ab und griff nach einem großen Frotteetuch, während er zur Wohnungstür eilte. Eigentlich besaß Saskia ja einen Schlüssel zu seinem Apartment, obwohl sie noch nicht zusammenwohnten. Wahrscheinlich hatte sie ihn verbummelt, denn manchmal war sie etwas schusselig. Doch das störte Adrian nicht. Es gehörte zu den vielen Dingen, die er an ihr liebte.

Er hatte sich nur halb abgetrocknet, als er die Tür aufriss.

Doch das Lächeln gefror auf Adrians Lippen, denn zwei Fremde standen vor ihm. Er hatte weder die Frau noch den Mann jemals zuvor gesehen. Im ersten Moment glaubte er, Missionare einer christlichen Sekte vor sich zu haben.

Bei dem weiblichen Teil des Duos hätte diese Annahme zutreffen können. Die Frau trug einen unmodischen Hosenanzug, ihre Frisur war langweilig und einfallslos. Die dezente Schminke unterstrich nur noch die Ausstrahlung von Biederkeit und Langeweile.

Der Mann hingegen wirkte nicht wie ein religiöser Fanatiker, er kam Adrian eher wie ein Sozialfall ohne Geld in der Tasche vor. Seine Kleidung war sauber, aber billig und abgetragen. Nach Adrians Meinung konnte man ihn sich gut in der Menschenschlange vor einer Suppenküche oder der Hamburger Tafel vorstellen.

Adrian blinzelte misstrauisch und hielt das Frotteetuch vor seinen Unterleib.

„Was wollen Sie?", fragte er gereizt. Saskia war die Einzige, die ihn beim Duschen hätte stören dürfen. Auf die Gesellschaft von allen anderen Menschen konnte er in diesem Moment verzichten. Vor allem, wenn es sich um aufdringliche Fremde handelte.

Die Frau zückte einen Dienstausweis, der Mann folgte ihrem Beispiel.

„Guten Tag, ich bin Kommissarin Melanie Russ von der Kripo Hamburg. Das ist Kommissar Rüdiger Koslowski. – Sie sind Herr Bäumer?"

Polizei?

Adrian zögerte einen Moment, bevor er antwortete. Er hatte noch niemals Ärger mit der Ordnungsmacht gehabt. Ob irgendein besorgter Bürger die Ninja-Überlebensprüfung im

Sachsenwald bei den Behörden angezeigt hatte? Immerhin war der Forst ein öffentlicher Raum, womöglich hatten sich Leute dadurch bedroht gefühlt.

Andererseits: Wäre in dem Fall nicht eher eine uniformierte Streife direkt vor Ort erschienen, beispielsweise auf dem Wanderparkplatz?

Dieses Duo hingegen war von der Kriminalpolizei. Und ihre Mienen wirkten so ernst, als ob sie gleich zu einer Beerdigung gehen wollten.

Adrians Magen rebellierte.

„Saskia … Ist meiner Freundin etwas passiert?", brachte er hervor.

„Könnten wir das bitte in Ihrer Wohnung besprechen?", fragte Melanie Russ zurück.

Er nickte, gab die Tür frei.

„Gehen Sie bitte geradeaus durch ins Wohnzimmer, ich ziehe mir nur kurz etwas über", murmelte Adrian. In diesem Moment funktionierte er wie ein Roboter, konnte keinen klaren Gedanken mehr fassen. Adrian streifte in seinem Schlafzimmer schnell Unterwäsche, eine lange Sporthose und ein Sweatshirt über.

Auf dem Weg zum Wohnzimmer fühlten sich seine Knie butterweich an.

Die Kriminalbeamten waren stehen geblieben. Koslowski tat, als ob er sich für ein Bild an der Wand interessieren würde. Es stellte den Fuji dar, Japans heiligen Berg.

Melanie Russ faltete die Hände, als ob sie nun ein Gebet sprechen wollte.

„Möchten Sie nicht Platz nehmen, Herr Bäumer?"

„Nein, zum Kuckuck! Ich will endlich wissen, weshalb Sie hier sind."

Heike Steins Kollegin holte tief Luft, bevor die Worte aus ihrem Mund drangen. Und jedes einzelne davon traf Adrian wie ein Hammerschlag.

„Leider müssen wir Ihnen mitteilen, dass Saskia Rottmann

tot aufgefunden wurde. Wir haben die Daten ihres Smartphones ausgewertet und daraus entnommen, dass Sie mit Frau Rottmann eine Beziehung hatten. Trifft das zu?"

Adrian wollte antworten. Aber das ging nicht, weil ihm in diesem Moment schwarz vor Augen wurde.

Er fiel in Ohnmacht und stürzte zu Boden.

4

Heike und Ben fuhren vom Polizeipräsidium in Alsterdorf zum Untersuchungsgefängnis am Holstenglacis. Dorthin war der Verdächtige nach der erkennungsdienstlichen Behandlung gebracht worden.

„Wir können wohl davon ausgehen, dass der Richter beim Haftprüfungstermin weitere Untersuchungshaft anordnen wird", plapperte die Hauptkommissarin. „Angesichts der Indizienlage müsste man schon Tomaten auf den Augen haben, um an Schapers Schuld zu zweifeln."

Heike und Ben behandelten einander wie rohe Eier, seit Maja mit dem baltischen Mafioso durchgebrannt war. Für beide schien es momentan undenkbar zu sein, ihre Affäre wiederaufleben zu lassen. Es war schwierig genug für sie, gemeinsam Kriminalfälle zu lösen. Heike stellte fest, dass sie die Stille immer schwerer ertragen konnte. Eine ausgesprochene Plaudertasche war Ben ja niemals gewesen. Doch seit Majas Verschwinden zog er sich immer tiefer in sein Schneckenhaus zurück.

Heike versuchte wieder und wieder, zu ihm durchzudringen. Aber sie hatte oft genug das Gefühl, gegen eine Wand zu reden.

„Ich frage mich, ob die Tochter noch lebt", murmelte Ben.

Eigentlich hätte Heike sich darüber freuen sollen, dass er sich überhaupt zu einer Antwort bequemte. Gleichzeitig wurde ihr bewusst, dass ihr aktueller Fall Ben fatal an sein eigenes Schicksal erinnern musste.

Auch er und Maja hatten ein Kind, das seine Frau bei ihrer Flucht zurückgelassen hatte. Pia litt sehr unter der Situation. Die Kleine verstand einfach nicht, weshalb ihre Mama nicht zurückkehrte. Zum Glück war es Ben mittlerweile gelungen, ein junges französisches Kindermädchen anzustellen. Pia fasste nach und nach Vertrauen zu Dominique, aber sie war eben kein vollwertiger Mutterersatz.

„Noch haben wir keinen Hinweis darauf, dass Schaper auch seine Frau und sein Kind umgebracht hat", erwiderte Heike mit erzwungener Ruhe.

„Das stimmt. Aber nur deshalb nicht, weil wir Schaper noch nicht verhört haben. Ehrlich gesagt sehe ich schwarz, was das Schicksal der beiden betrifft."

Bens Pessimismus ging der Hauptkommissarin immer stärker auf den Wecker. So manches Mal hatte sie sich auf die Zunge gebissen, um ihn nicht anzufahren. Doch früher oder später würde ihr der Kragen platzen.

„Auf jeden Fall müssen wir uns noch den Tatort genauer ansehen, nachdem wir mit Schaper gesprochen haben", erinnerte Heike. „Wenigstens bleibt es uns erspart, die Angehörigen der Opfer zu benachrichtigen."

„Ja, Melanie wird schon die richtigen Worte finden", meinte Ben. „Und Koslowski sagt ja sowieso nicht so viel."

So eine Person kenne ich auch, dachte Heike. Aber insgeheim freute sie sich darüber, dass ihr Dienstpartner das Gespräch nicht einschlafen ließ. Sie war auch für Kleinigkeiten dankbar.

Nachdem die Ermittler sich legitimiert und die Sicherheitsschleusen durchlaufen hatten, nahmen sie in einem Verhörraum Platz. Ein Justizbeamter führte den Mörder herein. Schaper trug Handschellen, die ihm auch nicht abgenommen wurden.

Heike schaute ihm direkt ins Gesicht. Der Verbrecher wirkte so teilnahmslos, als ob er eine langweilige TV-Sendung anschauen würde. Sein flächiges Gesicht war teigig, die Augen lagen tief in den Höhlen. Schaper hatte breite Lippen, die für einen Mann sehr feminin wirkten. Wenn er einen roten Lippenstift benutzte, würde er einen richtigen Kussmund bekommen.

Heike fragte sich, ob er als Jugendlicher deswegen oft gemobbt worden war. Doch darauf gab es nicht den geringsten Hinweis. Außerdem war es ihrer Meinung nach eine billige Ausreden, die Bluttaten eines Killers aufgrund früherer Schwierigkeiten zu entschuldigen.

Schaper war nur mittelgroß, er überragte die Hauptkommissarin nur um wenige Zentimeter.

„Setzen Sie sich, Herr Schaper", sagte Ben mit metallisch klingender Stimme. Heike hoffte, dass er nicht ausrasten würde, falls das Kind wirklich von seinem eigenen Vater getötet worden war. Früher hätte sie es niemals für möglich gehalten, dass ihr Dienstpartner die Beherrschung verlieren würde. Inzwischen war sie nicht mehr so sicher.

Heike stellte Ben und sich offiziell vor. Sie belehrte den Mordverdächtigen über seine Rechte, während sie ihn weiterhin musterte. Schaper trug noch seine eigene Kleidung. Sie bestand aus einer weit geschnittenen schwarzen Sporthose, Joggingschuhen und einem grauen Kapuzenpullover. Nur die eingetrockneten Blutspritzer auf dem Stoff des Oberteils zeugten davon, dass Schaper in dieser Kluft kein Trainingsprogramm absolviert hatte.

Wäre er Heike im Stadtpark joggend entgegengekommen, sie hätte sein Gesicht im nächsten Moment schon wieder vergessen. Schaper wirkte auf den ersten Blick harmlos. Vielleicht machte ihn gerade das so gefährlich.

Abschließend fragte Heike: „Wünschen Sie die Anwesenheit eines Rechtsbeistandes?"

Plötzlich leuchteten Schapers Augen auf. Er starrte die Hauptkommissarin an, als ob er sie hypnotisieren wollte.

„Das ist nicht nötig, Frau Stein – noch nicht. Ich bin sicher, dass ich mit Ihnen und Ihrem Kollegen noch öfter das Vergnügen haben werde. Unseren heutigen verbalen Schlagabtausch betrachte ich als eine Aufwärmrunde."

Schaper konnte sich gut ausdrücken, was Heike nicht verwunderte. Er hatte studiert und arbeitete als promovierter Chemiker bei einem renommierten Pharma-Unternehmen. Ein guter Mensch war er aber deshalb offenbar nicht geworden.

„Wie Sie wollen, Herr Schaper", sagte Heike kalt. „Haben unsere Kollegen Ihnen schon mitgeteilt, dass sie die sterblichen Überreste von Saskia Rottmann und Nadine Tespe gefunden haben?"

Der Mörder legte den Kopf in den Nacken und tat so, als ob er überlegen müsste.

„Saskia, Saskia, Nadine, Nadine … wer mag das gewesen sein? Warum schauen Sie mich so böse an, Herr Wilken? – Ah, jetzt fällt es mir wieder ein. Wir reden über diese beiden kleinen Nachtschwärmerinnen, nicht wahr? Ja, St. Pauli ist nach Einbruch der Dunkelheit ein gefährliches Pflaster."

Heike hasste den feigen Verbrecher jetzt schon aus tiefster Seele. Doch sie hielt sich für professionell genug, um Schaper die Stirn zu bieten. Bei Ben war sie da nicht so sicher. Die Hauptkommissarin wurde von dem unguten Gefühl beschlichen, eine tickende Zeitbombe direkt neben sich zu haben.

Das Verhör wurde per Video aufgezeichnet, womit Schaper sich einverstanden erklärt hatte. Falls Ben die Beherrschung verlieren und die Nase des Mörders zertrümmern würde, konnte darunter die ganze weitere Ermittlung leiden. Ganz abgesehen davon, dass eine solche Misshandlung ein gefundenes Fressen für Schapers zukünftigen Verteidiger wäre.

Der Killer provozierte absichtlich, daran zweifelte Heike nicht. Sie hoffte nur, dass Ben diese Tatsache ebenfalls erkennen und danach handeln würde.

„Lassen Sie diese Spielchen, Schaper", sagte sie. „Sie haben Saskia Rottmann und Nadine Tespe jeweils mit mehreren Messerstichen ermordet. Ist es nicht so?"

Der Täter nickte wohlgefällig, als ob Heike etwas allseits Bekanntes nur noch einmal bestätigt hätte.

„Ja, Frau Stein – ich bekenne mich schuldig."

Schaper brachte diesen Satz lächelnd hervor. Wahrscheinlich fühlte er sich mit seinen gemeinen Taten vollauf zufrieden.

Die Hauptkommissarin warf ihrem Dienstpartner einen flüchtigen Seitenblick zu. Ben hielt den Mund, er brütete düster vor sich hin. Die Finger seiner Hände hatte er auf dem Tisch ineinander verschränkt. So, als ob die eine Hand die andere daran hindern sollte, sich zur Faust zu ballen und Schapers Gesichtszüge entgleisen zu lassen.

„Ihr Kollege schaut mich so finster an, Frau Stein. Ich glaube, wir werden in diesem Leben keine Freunde mehr."

Sie hätte dem Mörder am liebsten den Hals umgedreht. Stattdessen sagte sie schnell: „Lassen Sie Herrn Wilken aus dem Spiel, um ihn geht es hier nicht. Erzählen Sie uns lieber, wie Sie mit Ihren späteren Opfern in Kontakt getreten sind."

Der Verbrecher lachte, als ob Heike etwas Lustiges gesagt hätte.

„Also, das war nun wirklich nicht schwer! Ich legte mir bei einem großen sozialen Netzwerk eine erfundene Identität zu. Aus dem Chemiker wurde ein Talent-Scout. Können Sie sich vorstellen, wie viele von diesen jungen Hühnern Popstars oder Models werden wollen?"

„Sie hatten also eine große Auswahl", knurrte Ben.

Schaper wandte sich dem Hauptkommissar zu.

„Jetzt bin ich aber verblüfft, Herr Wilken! Sie können ja doch sprechen! Ich war der festen Überzeugung, dass Sie nur als eine Art Aktentaschenträger für Frau Stein fungieren. Oder als ein Bodyguard. Groß und kräftig sind Sie ja, hinzu kommt die fundierte Polizeiausbildung. Mit Ihnen ist nicht gut Kirschen essen, oder?"

Der bettelt ja förmlich um Schläge!, dachte Heike mit zunehmender Panik. Doch nun gab Ben dem Mörder verbal Kontra.

„Wir reden hier nicht über Kirschen, sondern über Menschenleben, die Sie ausgelöscht haben. Erzählen Sie uns, wie Sie diese arglosen jungen Frauen in die Falle lockten. Wir wollen alles darüber wissen."

Schaper schien enttäuscht zu sein, weil der Hauptkommissar ihn einfach auflaufen ließ. Er holte zu einem neuen mündlichen Tiefschlag aus.

„Sie haben den Ehering von Ihrer Hand entfernt, Herr Wilken. Die blasse Haut darunter ist nicht zu übersehen. Sitzt der bezaubernde Grund dafür womöglich direkt neben Ihnen? Ich wette, dass Sie sich nicht nur im Dienst blendend miteinander verstehen. Man könnte glatt neidisch werden. Ganz unter uns: Auch ich würde Frau Stein nicht von der Bettkante stoßen."

Diesmal war es Heike, die dem Widerling die passende Antwort gab. Sie presste ein hartes Lachen hervor.

„Ernsthaft, Schaper? Das können Sie Ihrer Großmutter erzählen. Sie kommen sich wohl besonders toll vor? Solche Typen wie Sie haben Herr Wilken und ich schon oft genug verhaftet. Und wir wissen auch, weshalb Sie mit einem Messer auf Frauen losgehen – weil Sie es nämlich im Bett nicht bringen. Apropos: Ihr Sexleben wird sich in der Haftanstalt grundlegend verändern. Ich hoffe, Sie haben nichts gegen die passive Rolle. Die anderen Gefangenen werden sich nämlich darum reißen, ein Weichei wie Sie zur Lutschnutte zu machen."

Das Gesicht des Mörders blieb unbewegt. Nur ein leichtes Flattern seines linken Augenlides bewies Heike, dass ihre Worte die gewünschte Wirkung nicht verfehlt hatten. In der Hackordnung einer Strafanstalt genossen Killer normalerweise ein hohes Ansehen. Das galt allerdings nicht für Täter, die Kinder auf dem Gewissen hatten. Sie standen gemeinsam mit den Sexgangstern auf der untersten Stufe.

Es dauerte einen Moment, bis Schaper frech grinste und langsam den Kopf schüttelte.

„Ich fürchte, Sie haben ein völlig falsches Bild von mir. Aber das macht nichts, wir haben uns ja gerade erst kennengelernt. Sie werden feststellen, dass ich nicht der bin, für den Sie mich halten."

Heike erwiderte: „Das sind leere Phrasen, ich bin an Fakten interessiert. Mein Kollege hat Ihnen eine Frage gestellt, die Sie noch nicht beantwortet haben."

Schaper seufzte theatralisch.

„Ja, Polizeibeamte haben ihre Vorschriften. Gut, bringen wir also den offiziellen Teil hinter uns. – Ich habe die beiden Frauen auf dieselbe Art geködert. Nachdem ich in meiner Rolle als angeblicher Talent-Scout auf sie aufmerksam geworden bin, schrieb ich mit ihnen in den sozialen Medien hin und her. Ist Ihnen eigentlich bewusst, wie viel Persönliches die Menschen online freiwillig preisgeben? Weder bei Saskia noch bei Nadine war es ein Problem, ihre abendlichen Ausgehpläne herauszufinden. Also kurvte ich durch St. Pauli, wobei ich mich in der Nähe dieser Clubs aufhielt, die solche Hühner für angesagt halten. Dann tat ich so, als ob ich die Mädels zufällig entdeckt hätte. Keine von ihnen schöpfte Verdacht, sie hatten ja auch schon reichlich Schlagseite. Es war wirklich ein Kinderspiel, sie in meine Gewalt zu bringen. Und als sie endlich Lunte rochen, gab es sowieso kein Entkommen mehr."

Es empörte Heike, wie abfällig dieser Verbrecher über seine ermordeten Opfer sprach. Andererseits verwunderte es sie nicht. Diese Haltung passte zu dem Bild von Schaper, das sich nach und nach bei ihr zu formen begann.

Die Hauptkommissarin lehnte sich zurück und kniff die Augen zusammen.

„Wissen Sie, was mir nicht einleuchtet? Sie haben es reibungslos verstanden, die Frauen in Ihre Gewalt zu bringen. Auch der eigentliche Tatort war aus Ihrer Sicht gut gewählt, wie uns die Kollegen vom Mobilen Einsatzkommando berichtet haben. Doch danach wurde Ihre Handlungsweise dilettantisch. Es bedurfte keines kriminalistischen Scharfsinns, um Ihren Namen und Ihre Adresse zu ermitteln. Hätten Sie nicht wenigstens versuchen können, die Smartphones Ihrer Opfer zu beseitigen?"

Schaper lachte frech. Er war jetzt offenbar so richtig in seinem Element.

„Ich würde Ihnen applaudieren, wenn ich keine Handschellen an den Gelenken hätte, Frau Stein! Sie sind wirklich nicht nur attraktiv, sondern auch noch intelligent! – Nun schauen Sie nicht so gereizt, ich mache doch nur Spaß. Zugegeben, auf den ersten Blick müssen meine Taten stümperhaft erscheinen. Und doch verbirgt sich ein tieferer Sinn dahinter."

„Sie wollten von uns verhaftet werden", warf Ben ein.

Diese Bemerkung schien den Mörder wirklich zu begeistern. Seine Augen leuchteten.

„Stille Wasser sind tief! Diese uralte Redensart hat doch wirklich ihre Berechtigung, jedenfalls, wenn sie auf Herrn Wilken gemünzt ist. Sie haben sozusagen den Nagel auf den Kopf getroffen. Ja, ich wollte Ihnen die Arbeit ein wenig erleichtern. Was sagt Ihnen Ihre Berufserfahrung, Herr Wilken? Waren diese beiden Partyschnepfen meine ersten Opfer?"

„Hören Sie endlich damit auf, so abfällig über diese Frauen zu reden!", blaffte Heike. Gleichzeitig stieg eine unbestimmte Furcht in ihr auf. Was wäre, wenn dieser Killer nicht bloß mit seinen feigen Taten prahlte, sondern seine Andeutungen einen realen Kern hatten? Verkörperten Saskia Rottmann und Nadine Tespe womöglich nur die letzten Glieder in einer langen Kette von ermordeten Frauen?

Einen Moment lang herrschte in dem nach Desinfektionsmitteln riechenden fensterlosen Verhörraum eine beklemmende Stille, die schließlich von Ben unterbrochen wurde. Heike konnte sich vorstellen, wie viel Überwindung es ihn gekostet haben musste, diese Frage zu stellen.

„Haben Sie Ihre Frau und Ihre Tochter auch umgebracht?"

Schaper schaute den Hauptkommissar an, als ob Ben den Verstand verloren hätte.

„Wie kommen Sie denn auf diese abseitige Idee? Selbstverständlich nicht! Ich liebe meine Familie. Meine Frau und die kleine Rabea sind momentan bei einer Mutter-Kind-Kur an der Nordsee!"

5

Adrian wäre am liebsten niemals wieder aus dem tintenschwarzen Abgrund aufgetaucht, in den er gefallen war. Als er die Augen aufschlug, lag er bekleidet auf seinem eigenen Bett. In einer Ecke seines Schlafzimmers standen zwei Rettungssanitäter, in einer anderen die beiden Kriminalbeamten. Ein glatzköpfiger Mann in der Kluft mit Notarzt-Weste hatte sich über Adrian gebeugt. Er zog soeben eine Spritze aus dessen Armbeuge.

„Willkommen zurück", sagte der Mediziner. „Ich habe Ihnen etwas zur Kreislaufstabilisierung gegeben. Angesichts Ihres guten Allgemeinzustandes werden Sie bald wieder auf dem Damm sein."

Die Worte drangen wie ein fernes Echo zu Adrian durch. Noch weigerten sein Verstand und sein Herz sich, die Information zu verarbeiten.

Saskia durfte einfach nicht tot sein.

Es gab Dinge, die nicht geschehen konnten. Davon war er fest überzeugt. Wahrscheinlich hatte es eine Freundin erwischt, die ihr sehr ähnlich sah. Ja, so musste es sein!

„Der junge Mann braucht Ruhe, und er soll viel trinken", sagte der Notarzt zu der Polizistin namens Melanie Russ. Offenbar hatte sie das Rettungsteam alarmiert. Es war Adrian egal, er wollte jetzt nur noch so schnell wie möglich mit Saskia sprechen. Dieses grausame Missverständnis musste umgehend aufgeklärt werden!

„Dürfen wir Ihnen ein paar Fragen stellen?", wollte Melanie Russ wissen, nachdem der Doktor und die Sanitäter gegangen waren.

Adrian stützte sich auf seine Ellenbogen und blickte der Kommissarin direkt ins Gesicht.

„Sie irren sich, da muss eine andere Frau ums Leben gekommen sein. Das lässt sich schnell aufklären, ich rufe meine Freundin sofort an."

Er angelte sich sein Handy, das auf dem Couchtisch vor ihm lag. Adrian registrierte, dass Melanie Russ und Koslowski mitleidige Blicke auf ihn warfen. Hielten sie ihn etwa für geisteskrank?

Bei Saskias Smartphone sprang nur die Mailbox an.

Melanie Russ setzte sich neben Adrian auf das Sofa und nahm seine freie Hand.

„Wir haben das Telefon Ihrer Freundin bei dem einen Todesopfer gefunden, außerdem noch ihren Personalausweis sowie weitere Dokumente. Saskias Eltern sind bereits auf dem Weg zur Leichenhalle, um sie zu identifizieren. Es tut mir sehr leid."

Adrians Herz schlug schneller, doch seltsamerweise fühlte er in diesem Moment gar nichts.

„Er steht unter Schock, von dem erfahren wir momentan nichts Brauchbares."

Diesen Satz hatte Koslowski seiner Kollegin leise zugeraunt. Aber nicht leise genug. Adrian richtete sich in eine sitzende Position auf. Er biss die Zähne so fest zusammen, dass es knirschte.

„Wie ist Saskia gestorben?"

Melanie Russ zögerte, aber Koslowski sagte: „Sie wurde ermordet."

„Und wie?"

„Mit einem Messer. – Hatte Ihre Freundin Feinde? Wurde sie bedroht? Fühlte sie sich in letzter Zeit verfolgt?"

Adrian registrierte, dass der Kommissar möglichst schnell

über die Todesumstände hinwegzugehen versuchte. Und dafür konnte es nur einen Grund geben.

Sie mussten grausam gewesen sein.

Adrian begriff, dass die Polizei ihm momentan nichts Genaueres mitteilen würde. Er schüttelte langsam den Kopf.

„Nein, Saskia hatte mit niemandem Ärger. Sie war ein ganz normales Mädchen, hat Lehramt für Grundschule studiert und ist gern feiern gegangen."

Er bemerkte, wie selbstverständlich er plötzlich in der Vergangenheitsform über seine Freundin sprach. Fiel es ihm wirklich so leicht, sich mit ihrem Tod abzufinden?

Nein, ganz gewiss nicht.

Doch die Ninja-Philosophie hatte ihn gelehrt, selbst die widrigsten Umstände anzunehmen und zum eigenen Vorteil umzumünzen. Obwohl Adrian momentan noch nicht die geringste Ahnung hatte, was an Saskias Tod gut sein sollte.

Für ihn war dieses Ereignis die größtmögliche Katastrophe.

„Sagt Ihnen der Name Nadine Tespe etwas?", hakte Koslowski nach.

„Nein, wer ist das?"

„Nadine Tespe war ein weiteres Opfer des mutmaßlichen Täters", erklärte Melanie Russ und zeigte Adrian ein Foto auf ihrem Smartphone. Die Aufnahme war ein typischer Schnappschuss, wie er überall in den sozialen Medien hochgeladen wurde. Auf dem Bild war eine lachende junge Frau in einem Tanktop und mit einem bunten Cocktail in der Hand zu sehen.

Adrian musste zugeben, dass Nadine eine gewisse Typähnlichkeit mit seiner ermordeten Freundin aufwies. Doch ihn interessierte eine ganz andere Sache.

„Sie sprechen vom mutmaßlichen Täter, Frau Kommissarin. Also konnten Sie schon einen Verdächtigen verhaften?"

„Zu laufenden Ermittlungen können wir uns leider nicht äußern", erwiderte Melanie Russ und warf Adrian einen bedauernden Blick zu. Er unterdrückte den Impuls, die Kriminalistin an den Schultern zu packen und so lange zu schütteln, bis sie ihm die Wahrheit sagte. Nach Adrians Meinung waren weder die zierliche Kommissarin noch dieser verlotterte Koslowski ernstzunehmende Gegner für ihn. Vor allem, da sie wahrscheinlich nicht mit einem schnellen und äußerst harten Angriff rechneten.

Doch Adrian beherrschte sich – vorerst.

Was würde es schon bringen, wenn er sich jetzt mit den Ermittlern anlegte? Diese Leute hatten ihre Vorschriften, von denen sie nicht ihm zuliebe abrücken würden. Nein, er musste es schlauer anstellen. Viel schlauer.

„Ich verstehe", entgegnete er und tat so, als ob er resignieren würde.

Doch in Wahrheit erwachte in diesem Moment Adrians Killerinstinkt so richtig zum Leben.

Der brodelnde Rachedurst war kein schönes Gefühl, aber immer noch besser als die alles andere überlagernde Trauer.

Adrian beschloss, dass schon bald wieder jemand krepieren musste.

Aber diesmal sollte es kein unschuldiges Opfer geben.

6

Maja Wilken hatte ihren in einem hochhackigen Lackschuh steckenden Fuß auf die Sitzfläche eines Stuhls gestellt. Mit nervenaufreibender Langsamkeit rollte sie den schwarzen Nylonstrumpf von ihrem Bein herunter, wobei sie Andris Kausmans einen verlockenden Blick zuwarf.

Der Gangster hatte sich auf ein Sofa geflegelt und genoss die exklusive Show, denn er war mit Bens Ehefrau allein.

Sie befanden sich in der Garderobe eines Stripclubs, ungefähr dreißig Kilometer von der Hamburger Stadtgrenze entfernt. Die bundesweite Fahndung nach Maja Wilken lief immer noch auf Hochtouren, doch der Clubbesitzer hatte nach außen hin nicht den geringsten Berührungspunkt mit den Verbrecherbanden aus dem Baltikum.

Maja und Andris konnten sich also hier relativ sicher fühlen, befanden sich allerdings auf dem flachen Land, irgendwo in der Nähe einer Autobahnausfahrt zwischen Hamburg und Kiel.

Es störte Andris gewaltig, dass er seine Geschäfte derzeit nicht mit voller Kraft führen konnte und gemeinsam mit seiner neuen Freundin hatte untertauchen müssen. Doch in diesem Moment war es ihm egal.

Maja hatte ihn mit ihrem Körper und ihrer Leidenschaft verhext, davon war er fest überzeugt. Der baltische Gangster hatte geglaubt, dass Frauen stets nach seiner Pfeife tanzen würden. Doch bei Maja liefen die Dinge nicht auf diese Tour. Sie war nicht mit den verängstigten rumänischen oder bulgarischen Nutten zu vergleichen, die für Andris und seine Leute schon aus purer Furcht die Beine breitmachten.

Nein, Maja wollte erobert werden, und das hatte Andris getan. Und nun bekam er sie nicht mehr aus dem Kopf.

Wie denn auch?, dachte er. Maja wusste genau, welche Knöpfe sie bei ihm drücken musste. Sie schaute ihn die ganze Zeit verführerisch an, während sie Schuhe und Strümpfe zu Boden gleiten ließ. Als Nächstes schälte Bens Frau sich aus ihrem hautengen roten Abendkleid.

Obwohl Maja und Andris inzwischen schon seit Wochen fast ununterbrochen zusammen waren, konnte er von ihrem Anblick nicht genug kriegen. Er hatte sie unzählige Male nackt in seinen Armen gehalten. Und dennoch freute er sich immer wieder darauf, diese dunkelhaarige Schönheit hüllenlos zu erblicken.

Doch momentan war Maja noch mit schwarzen durchbrochenen Dessous bekleidet. Sie hielt in ihrem Striptease inne und stemmte die Fäuste gegen ihre Hüften. Plötzlich lächelte sie nicht mehr.

Andris seufzte innerlich. Er ahnte, was jetzt kommen würde. Es war immer dasselbe.

„Du hast mir meinen größten Wunsch noch nicht erfüllt", stellte Maja mit einem vorwurfsvollen Unterton in der Stimme fest.

Der Balte wand sich wie ein Ostsee-Aal.

„So einfach ist das nicht …"

Sie stieß ein hartes Lachen aus.

„Für einen Mann wie dich? Ich möchte nicht wissen, wie viele Menschen du schon umgelegt hast."

„Es wäre einfacher, wenn du Heike Stein nicht telefonisch mit dem Tod bedroht hättest. Nun ist sie vorgewarnt."

Kaum hatte Andris diese Sätze ausgesprochen, als er sie auch schon bereute. Das Thema Heike Stein war ohnehin ein heißes Eisen. Man konnte mit Maja kein vernünftiges Wort reden, wenn es um die Hamburger Hauptkommissarin ging.

„So, dann ist es also meine Schuld, dass diese falsche Schlange immer noch lebt?", keifte sie.

Andris befürchtete schon, dass sie ihm in der bevorstehenden Nacht den Sex verweigern würde. Das hatte Maja schon öfter getan, um ihn zu bestrafen. Andris kannte normalerweise keine Skrupel, er hätte sich jede Frau mit Gewalt genommen.

Jede, nur Maja nicht. Dieser Gedanke war für ihn unvorstellbar. Und gerade deshalb fürchtete er sich davor, dass sie ihm wieder die kalte Schulter zeigen könnte. Vor allem jetzt, nachdem Maja ihn richtig angeheizt hatte.

„Wir arbeiten bereits daran", log Andris. „Heike Stein wird schon bald für immer von der Bildfläche verschwinden. Ich muss gleich noch mit Vitas einige Einzelheiten besprechen."

„Soll Vitas die Polizistin abknallen?", fragte Maja eifrig. Ihre schlechte Laune schien wie weggeblasen zu sein. Wenn es um die Vorbereitungen eines Mordanschlags auf Heike Stein ging, besserte sich ihre Stimmung schlagartig.

„Wie gesagt, der Plan ist noch nicht ganz fertig", behauptete Andris. In Wirklichkeit gab es überhaupt noch kein konkretes Vorhaben. Er hatte zwar keine Hemmungen gehabt, seine eigene Cousine zu töten, doch bei Heike Stein lagen die Dinge völlig anders. Der Gangster spürte, dass sein Leben durch eine solche Bluttat nicht einfacher werden würde.

Immerhin war es ihm einstweilen gelungen, Maja zu vertrösten.

„Deshalb ist also Vitas gekommen!", freute sie sich. „Ich habe ihn vorhin mit ein paar Stangentänzerinnen flirten gesehen. Also wirst du bald Nägel mit Köpfen machen?"

Andris lächelte, als ob er in eine saure Zitrone gebissen hätte. Er musste an die Zeit zurückdenken, als Maja sich vor ihm gefürchtet hatte. Objektiv gesehen gab es dafür ja auch gute Gründe, denn er war ein Killer. Doch seit Maja und er ein richtiges Paar geworden waren, ergriff sie immer mehr Besitz von ihm. Andris wurde ihr gegenüber nachgiebiger. Anfangs hatte er ihr ein Veilchen verpasst, als Maja eigenmächtig eine

Geisel freigelassen hatte. Inzwischen wäre es für ihn unvorstellbar gewesen, noch einmal die Hand gegen sie zu erheben.

Wurde Andris inzwischen von Liebe geplagt, die es in seinem Leben bisher nicht gegeben hatte?

Solche abstrakten Grübeleien waren nichts für den erfolgreichen Gangster. Er schüttelte sich, als ob er die Nachwirkungen eines schlechten Traums vertreiben wollte.

„Schick Vitas zu mir, sobald du ihn siehst."

Andris gab Maja diese Anweisung, wobei er möglichst cool zu wirken versuchte. In Wirklichkeit war sein Inneres in Aufruhr. Er versuchte, so dominant zu wirken wie zu Beginn ihrer Affäre. Doch das war er schon lange nicht mehr.

Nach und nach hatte Maja die Zügel in die Hand genommen. Ihr schönes Gesicht verzog sich zu einem triumphierenden Grinsen, ihr Blick war leicht verhangen.

„Was immer du sagst, Liebster. Ich will eure Vorbereitungen nicht stören. Ich warte im Schlafzimmer auf dich. Kommst du zu mir, wenn du mit Vitas fertig bist?"

Andris' Kehle trocknete aus, Schweiß stand ihm auf der Stirn. Am liebsten hätte er sich seine Traumfrau geschnappt und sie gleich hier auf dem Sofa genommen. Aber er wollte wenigstens sich selbst vormachen, dass er seine Emotionen im Griff hatte.

Maja stand jetzt so nahe bei ihm, dass der Duft ihres teuren Parfüms in seine Nase stieg und er die Wärme ihres Körpers spüren konnte.

Mit einem koketten Blinzeln wandte sie sich von ihm ab und verließ hüftenschwingend den Raum.

Andris stieß langsam die Luft aus den Lungen. Seine Knie waren weich wie Pudding, als er aufstand und sich einen doppelten Wodka einschenkte.

Majas Verwandlung von einer treu sorgenden Mutter und Polizistengattin hin zu einem durchtriebenen Unterweltluder war Andris selbst inzwischen schon unheimlich. Dass diese Entwicklung durch ihn selbst verursacht worden war, konnte man nach Andris' Meinung nur als einen schlechten Witz des Schicksals deuten.

Er kippte die klare Spirituose auf ex herunter.

Die Tür wurde geöffnet.

Andris hoffte halb, dass Maja zurückgekehrt war. Zur anderen Hälfte fürchtete er sich vor seiner Geliebten. Und dieses Gefühl war völlig neu für ihn. Der Gangster hatte sich selbst immer für einen Draufgänger gehalten, der keiner Gefahr aus dem Weg ging. Doch er ahnte, dass Maja ihm eiskalt während seines Schlafs die Kehle durchschneiden würde, falls er nicht nach ihrer Pfeife tanzte. Und es gab nichts, was er dagegen unternehmen konnte. Denn die Vorstellung, eine Nacht ohne diese Frau zu verbringen, war einfach zu grässlich.

Als Andris sich umdrehte, sah er, dass Maja nicht erneut den Raum betreten hatte. Stattdessen war Vitas gekommen.

Dieser Mann war eine menschliche Kampfmaschine. Andris schätzte den bulligen Kerl mit dem rasierten Schädel, dessen zahlreiche Tätowierungen in lettischen und russischen Gefängnissen gestochen worden waren. Vitas war nach Andris' Meinung nicht die hellste Kerze auf der Torte. Seine völlige Skrupellosigkeit und seine Treue zur Organisation sprachen trotzdem für ihn.

„Deine neue Flamme lief mir gerade über den Weg. Sie sagte, du willst mich sehen."

Andris nickte.

„Wie wäre es mit einem Drink?"

Vitas nickte und setzte sich verkehrt herum auf den Stuhl, der Maja noch vor wenigen Minuten als Requisit für ihren Striptease gedient hatte. Als sie den Raum verließ, war sie nur noch mit ihren Dessous bekleidet gewesen. In dem Club störte das niemanden, dort liefen genug Frauen in Unterwäsche oder völlig nackt herum.

Andris war sicher, dass sie ihre Klamotten mit voller Absicht auf dem Boden liegen gelassen hatte. Maja tat nichts ohne Grund. Sie wollte, dass er sie nicht aus dem Kopf bekam. Dabei war das völlig überflüssig.

Andris dachte sowieso pausenlos an sie.

Er füllte ein zweites Glas mit Wodka und gab es Vitas. Der Muskelmann trank und warf Andris einen fragenden Blick zu.

„Maja will Heike Stein immer noch sterben sehen", erklärte der Gangster.

Vitas grinste.

„Die Bullenpuppe, von der du mir erzählt hast?"

„Ja, genau. Maja hasst sie von ganzem Herzen, das hängt irgendwie mit ihrem Ehemann zusammen. Der ist auch Bulle. Du weißt, was ich davon halte, Polizisten umzubringen."

„Ist schlecht fürs Geschäft", stellte Vitas fest.

„Das kannst du laut sagen", knurrte Andris. „Maja und ich konnten mit knapper Not aus Hamburg entkommen. Unsere Organisation musste bereits Federn lassen, das wirst du mitgekriegt haben. Die Bosse in der alten Heimat sind deshalb sowieso schon angefressen. Die Bullen fahnden nach wie vor mit Hochdruck nach Maja und mir."

„Du solltest die Schnalle loswerden", meinte der Muskelmann.

Kaum hatte er diese Worte ausgesprochen, als Andris beinahe die Beherrschung verloren hätte. Er zog seine Pistole und konnte sich selbst nur ganz knapp davon abhalten, Vitas eine Kugel in seinen dummen Kopf zu jagen. Andris führte sich vor Augen, dass sein Kumpan objektiv gesehen recht hatte.

Maja war das Problem.

Wenn sie auf Nimmerwiedersehen von der Bildfläche verschwand, konnte Andris in Frankfurt, Berlin oder einer anderen deutschen Großstadt die Vertriebswege der Organisation in aller Ruhe weiter ausbauen.

Doch diese Lösung kam nicht in Frage.

Vitas schien trotz seiner geistigen Beschränktheit kapiert zu haben, dass er den Bogen überspannt hatte. Er hob abwehrend die Linke, während seine rechte Hand immer noch das Wodkaglas hielt.

„Hey, bleib cool! Das war doch bloß ein Spruch."

„Auf solche Sprüche kann ich verzichten!", blaffte Andris. „Maja steht nicht zur Debatte, krieg das gefälligst in deinen Quadratschädel. Und wir werden Heike Stein selbstverständlich nicht abknallen. Die Bullen sind auf Zack, wenn es einen von ihnen erwischt. Dann geben sie keine Ruhe, bis sie uns eingelocht haben."

Die Visage des Muskelmanns nahm einen dümmlichen Ausdruck an, was ihm nicht besonders schwerfiel.

„Also machen wir überhaupt nichts?"

„Das habe ich nicht gesagt", unterstrich Andris. „Du wirst die Bullenpuppe umlegen, dafür bekommst du von mir eine Extraprämie. Aber wir müssen es wie einen Unfall aussehen lassen."

„Ich soll sie mit dem Auto überfahren?", vergewisserte Vitas sich.

Andris zuckte mit den Schultern.

„Vielleicht, darüber mache ich mir noch Gedanken. Du hältst dich jedenfalls bereit, um den Job durchzuziehen, kapiert?"

Vitas trank seinen Wodka aus und wandte sich zum Gehen.

„Was immer du sagst, Boss. Ich bin bereit."

Die Tür schloss sich hinter dem Glatzkopf.

Wenigstens einer, der meine Befehle befolgt, dachte Andris. Die Planung des fingierten Unfalls würde an ihm hängen bleiben, darüber machte er sich keine Illusionen. Für so was war Vitas einfach zu beschränkt.

Letztlich zählte das Resultat, und da gab es keine Kompromisse.

Heike Stein musste sterben.

7

„Was hältst du von Schaper?"

Diese Frage stellte Heike ihrem Dienstpartner, als sie vom Polizeipräsidium aus zum Einfamilienhaus des Mörders fuhren. Das Verhör mit Schaper war vorerst beendet, er saß wieder in seiner Arrestzelle. Die Hauptkommissarin war sicher, dass sie im Lauf der Ermittlungen noch oft genug das zweifelhafte Vergnügen seiner Gesellschaft haben würde.

„Er ist ein durchtriebener Dreckskerl", erwiderte Ben. „Dass er uns herausfordern wollte – geschenkt. Von solchen Typen erwarte ich nichts anderes. Mich beschäftigt immer noch die Frage, ob er seiner Familie etwas angetan hat."

„Ich habe mit Melanie telefoniert, sie und Koslowski wollen sich darum kümmern. Falls Schapers Frau und Tochter noch leben, werden wir es bald erfahren. Melanie hat mit dem Freund des einen Opfers gesprochen. Viel konnte sie nicht von ihm erfahren, er ist bei der Todesnachricht gleich umgekippt."

„Armer Teufel", murmelte Ben. „Und ich frage mich inzwischen ernsthaft, ob es wirklich nur zwei Opfer gab. Einem Täter wie Schaper würde ich es zutrauen, noch viel mehr Frauen getötet zu haben."

„Ja, das habe ich auch schon gedacht", bestätigte Heike. „Ich hoffe sehr, dass Schaper nur ein Großmaul ist. Aber falls nicht …"

Es war nicht nötig, den Satz zu beenden. Ben wusste genau, worauf sie hinauswollte. Obwohl er ihr in letzter Zeit oft wie ein Fremder erschienen war, so durfte man doch die jahrelange erfolgreiche berufliche Zusammenarbeit nicht unterschätzen. Heike und Ben waren ein eingespieltes Team, sie verstanden sich oft auch ohne Worte.

Was bei einem schweigsamen Mann wie dem Hauptkommissar zweifellos ein Vorteil war.

„Ach du Schande", murmelte Ben, als sie in die ruhige Wohnstraße in dem idyllischen Stadtteil Poppenbüttel einbogen. Heike musste nicht fragen, worauf seine Bemerkung gemünzt war.

Das Einfamilienhaus der Familie Schaper wurde von Pressevertretern und Gaffern belagert. Außerhalb des Grundstücks ballte sich eine vielköpfige Menschentraube zusammen. Uniformierte Kollegen hatten eine Sperrzone errichtet und Sichtblenden aufgestellt, um nicht allzu sehr bei der Arbeit behindert zu werden. Viel genutzt hatte es offenkundig nichts. Das Abhören des Polizeifunks zählte bei gewissen Reportern anscheinend immer noch zu den Lieblingsbeschäftigungen. Kein Wunder also, dass diese Typen in Divisionsstärke hier auftraten, obwohl die Presseabteilung des Polizeipräsidiums den Namen des Hauptverdächtigen nicht preisgegeben hatte.

Von seiner Wohnadresse ganz zu schweigen.

Heike und Ben stiegen aus und bahnten sich ihren Weg zwischen den Mediengeiern hindurch. Als die Kriminalisten erkannt wurden, hielt man ihnen etliche Mikrofone unter die Nasen.

„Wurden Leichen im Garten vergraben?"
„Wie viele Opfer hat es insgesamt gegeben?"
„Hat der Killer die Frauen zu Tode gefoltert?"

Das hättest du wohl gern! Diese Erwiderung auf die letzte Frage konnte Heike gerade noch so herunterschlucken. Sie und Ben hüllten sich in Schweigen, was ihrem Dienstpartner stets leichter fiel als ihr selbst. Doch auf diese Art konnten sie wenigstens vermeiden, dass ihnen das Wort im Munde herumgedreht wurde.

Die Journalisten stanken nach Schweiß und teurem Rasierwasser, eine widerliche Mischung. Heike war erleichtert, als sie sich ihren Weg zwischen den aufdringlichen Reportern und Schaulustigen freigekämpft hatten.

Ein uniformierter Polizeimeister bewachte die Haustür. Der Beamte ließ die Ermittler herein, nachdem sie ihre Dienstausweise gezeigt hatten. Kriminaltechniker in ihren weißen Schutzanzügen waren bei der Arbeit.

Heike und Ben streiften Plastiküberzüge an ihre Schuhe und legten Latexhandschuhe an, um mögliche Spuren nicht zu kontaminieren.

Die Hauptkommissarin war erstaunt darüber, wie gut ihr das Haus zusagte. Es wirkte hell und freundlich, die Sitzlandschaft im Wohnzimmer hätte Heike selbst auch zusagen können. Die Bilder an den Wänden waren Reproduktionen von Werken französischer Expressionisten, und der Bücherschrank war gut sortiert.

Diese friedliche und angenehme Atmosphäre wollte nicht zu den zahlreichen Messerstichen passen, mit denen Schaper die Leben von Saskia Rottmann und Nadine Tespe beendet hatte. Heike schaute sich kopfschüttelnd um.

Es war, als ob einer der Techniker ihre Gedanken gelesen hätte.

„Wenn Sie einen Kontrast zu Schöner Wohnen wollen, dann gehen Sie mal in den Keller runter", sagte er. „Dort hatte der Killer seinen Hobbyraum. Sie können sich in Ruhe umschauen, wir sind da schon fertig."

Heike nickte dem Mann im Overall zu. Sie musste nicht lange suchen, denn die Tür zum Untergeschoss stand sperrangelweit offen. Feuchtkalte Luft schlug ihr entgegen, als sie die steilen Stufen hinabstieg. Die Leuchten spendeten nur wenig Licht. Aber es reichte aus, um den sogenannten Hobbyraum zu finden. Zuvor durchquerte die Hauptkommissarin einen Bereich, in dem Gerümpel stand – ausrangierte Möbelstücke, alte Fahrräder und Ähnliches.

Heike fiel sofort auf, dass das Privatgemach des Killers durch eine besonders stabile Stahltür sowie ein modernes Sicherheitsschloss vor neugierigen Blicken geschützt war. Alle anderen Schlösser, die Heike in dem Haus bisher gesehen hatte, wären von einem mittelmäßig begabten Einbrecher innerhalb weniger Minuten zu knacken gewesen.

Wo blieb Ben?

Sie schaute hinter sich, dann hörte sie einen Wortwechsel am oberen Treppenende. Offenbar hatte einer der Kriminaltechniker dem Hauptkommissar noch etwas mitzuteilen. Wenig später folgte Heikes Dienstpartner ihr in das finstere Kellergeschoss.

Sie deutete mit einer Kopfbewegung auf den „Hobbyraum".

„Was sagst du dazu, Ben? Ist es nicht höchst verdächtig, dass gerade dieses Gelass so stark gesichert ist?"

Ben stimmte zu: „Wir hätten uns an dieser Tür die Zähne ausgebissen, wenn sie abgeschlossen gewesen wäre. Doch als das MEK das Gebäude gestürmt hat, saß Schaper hier drin. Die Stahltür hatte er nur angelehnt, anstatt sich dort wie in einem *Saferoom* zu verschanzen. Wenn du mich fragst, dann *wollte* er verhaftet werden."

Heike nickte gedankenverloren. Sie hatte inzwischen den „Hobbyraum" betreten und nahm ihn genau in Augenschein. Sie spürte, wie sich ihre Nackenhaare aufstellten. Die Hauptkommissarin hatte während ihrer beruflichen Laufbahn schon viel krankes Zeug gesehen, aber Schaper und seine Vorlieben waren ein Kapitel für sich.

Die künstlerische Begabung des Killers hielt sich ihrer Ansicht nach in Grenzen. Dennoch hatte er alle Wände des fensterlosen kleinen Raums in eine alptraumhafte Fotocollage verwandelt.

Sie bestand hauptsächlich aus Fragmenten alter vergilbter

Pornohefte sowie aus realen Fotografien von jungen Frauen. Hatten die Kriminalisten hier eine Galerie früherer Opfer vor sich?

Diese Frage wollte Heike unbedingt beantworten.

„Ist das nicht Saskia Rottmann?"

Bens Worte rissen sie aus ihren Überlegungen. Der Hauptkommissar deutete auf das Bild einer Blonden, das von Schaper grob ausgeschnitten und auf den Pin-Up-Körper einer Frau mit melonenförmigen Brüsten geklebt worden war.

„Ja, die Aufnahme zeigt Saskia Rottmann", stellte Heike mit rauer Stimme fest. „Wahrscheinlich hat der Perverse sich eines ihrer zahlreichen Fotos aus den sozialen Netzwerken ausgedruckt."

„Darauf tippe ich auch." Ben wies auf eine offen stehende Schublade. „Bevor ich dir in den Keller gefolgt bin, hat der Kriminaltechniker mir noch eine Info gegeben. Sie konnten in dieser Schublade zehn verschiedene Messer sicherstellen, die säuberlich nebeneinander aufgereiht waren. Die Klingen wurden nicht gereinigt, auf ihnen befand sich getrocknetes Blut. Natürlich konnten die Kollegen noch nicht sagen, ob es von Menschen oder Tieren stammt. Das muss die Laboranalyse ergeben. Doch nach dem, was wir über Schaper wissen, würde ich auf die erste Möglichkeit tippen. Leider."

„Einerseits können wir froh sein, dass der Dreckskerl aus dem Verkehr gezogen wurde", murmelte Heike. „Andererseits: Wo sind die Leichen dieser Frauen, wenn er sie wirklich umgebracht hat? Und wieso wurden sie nicht vermisst?"

„Das wissen wir nicht", schränkte Ben ein. „Womöglich kann die Abteilung für vermisste Personen uns weiterhelfen, wenn wir ihnen die Fotos zeigen. Angenommen, Schaper hat die sterblichen Überreste so gut versteckt, dass sie bisher nicht gefunden wurden. Dann konnte es noch zu gar keiner Morduntersuchung kommen, weder hier in Hamburg noch anderswo."

„Ja, da hast du recht", gab Ben zurück. „Es kommt mir so vor, als ob wir erst die Spitze eines Eisbergs entdeckt hätten."

Die Hauptkommissarin nickte düster.

„Auf jeden Fall ist ein neues Verhör mit dem Killer fällig. Und diesmal ziehe ich die Samthandschuhe aus, das kannst du mir glauben!"

Ben grinste.

„Ich finde nicht, dass du bisher besonders sanft mit ihm umgesprungen bist."

Heike zuckte mit den Schultern.

„Du weißt ja, dass ich mir nichts gefallen lasse."

„Und das mag ich ganz besonders an dir", erwiderte Ben. Heike wurde plötzlich und unerwartet von einem wohligen Gefühl überrollt, was in dieser abartigen Umgebung besonders bizarr wirkte. Es war schon länger her, dass er etwas Nettes und rein Privates zu ihr gesagt hatte. Von einem Kuss oder Sex ganz zu schweigen.

Heike wusste nicht, wie sie reagieren sollte. Zum Glück klingelte in diesem Moment ihr Smartphone. Melanie Russ war am Apparat, die junge Kommissarin klang aufgeregt.

„Janina Schaper und ihre Tochter sind gerade mit dem Zug von der Nordsee-Kur zurückgekehrt", stieß sie hervor. „Ich hatte in der Kurklinik angerufen und erfahren, dass Mutter und Tochter schon unterwegs waren. Also wollten Rüdiger und ich sie vom Bahnhof abholen. Die beiden sind jetzt in Sicherheit, aber es war knapp."

„Knapp? Wie meinst du das?"

„Janina und Rabea Schaper wurden hier von einem Lynchmob erwartet. Die besorgten Bürger wollten Blut sehen. Rüdiger hat eins auf die Nase gekriegt, aber wir bekamen Verstärkung durch die Bundespolizei. Jetzt ist wieder Ruhe im Karton."

8

Auf dem Theodor-Heuss-Platz unmittelbar vor dem Dammtor-Bahnhof hielten ein Gefangenentransporter, mehrere Streifenwagen sowie eine Ambulanz. Bundespolizisten sowie uniformierte Hamburger Beamte schafften ein paar lautstark protestierende Kerle in das vergitterte Transportfahrzeug.

Währenddessen wurde ein Mann in dem Rettungswagen behandelt. Eine Frau stand gegen das Fahrzeug gelehnt und telefonierte mit ihrem Smartphone.

Adrian und sein Sportkumpel Mathis saßen wie zwei harmlose Touristen bei *Dunkin' Donuts* im Dammtor-Bahnhof und schauten aus sicherer Entfernung durch die Glastür dem Geschehen zu.

Mathis deutete mit einer Kinnbewegung auf die telefonierende Frau.

„Das muss eine Zivilpolizistin sein", sagte er halblaut. „Ich habe vorhin mitgekriegt, wie sie einem der Uniformierten ihren Dienstausweis gezeigt hat. Und außerdem trägt sie eine Waffe."

Adrian nickte. Auch ihm war die Pistole im Holster aufgefallen, als der Wind für einen Moment unter die Jacke der Frau gefahren war. In ihrer Ninja-Ausbildung hatten Adrian und Mathis gelernt, selbst auf die unwichtigsten Details zu achten. Und sie schlugen erst dann zu, wenn die Gelegenheit perfekt erschien.

Daher hatten sie sich im Hintergrund gehalten, als ein paar

empörte Bürger sich auf die Frau und das Kind des Killers stürzen wollten. Niemand ahnte, dass Adrian und Mathis ebenfalls wegen Janina und Rabea Schaper zum Bahnhof gekommen waren. Sie hatten nicht den Fehler begangen, wie tollwütige Stiere vorwärts zu preschen. Deshalb erfreuten die beiden sich auch immer noch ihrer Freiheit, während die Randalierer vom Bahnsteig sich auf ein paar ungemütliche Stunden im Polizeigewahrsam einstellen konnten.

Mathis verzog verächtlich das Gesicht, als Beamte einen weiteren pöbelnden Krawallmacher in Handschellen abführten.

„Was sind das doch für hohlköpfige Radaubrüder!", sagte er. „Bilden die sich wirklich ein, ihr Ziel mit der Brechstange erreichen zu können? Rache will kalt genossen sein, richtig?"

Adrian antwortete nicht. Ihm war immer noch nicht völlig klar, weshalb Mathis ihm überhaupt beistand. Sein Kumpel hatte doch durch die Hand des Killers gar keinen Menschen verloren. Trotzdem schien es für Mathis eine ausgemachte Sache zu sein, dass er Adrian bei dessen Vergeltung unterstützen wollte.

Und der erste Schritt bestand darin, so viel wie möglich über die Frau und das Kind des Mörders zu erfahren. Janina Schaper konnte nicht ahnungslos sein. Das war nach Adrians Meinung völlig undenkbar. Es war nicht möglich, jahrelang mit einem Killer unter einem Dach zu leben und nichts von seinem blutigen Treiben mitzubekommen.

Oder?

Adrian zweifelte, während für Mathis das Urteil bereits festzustehen schien.

Das Todesurteil.

„Hörst du mir zu, Adrian? Wir müssen völlig konzentriert sein, damit wir die Sache nicht so versieben wie diese Amateure auf dem Bahnsteig."

Mathis' Worte rissen ihn aus seinen Grübeleien. Ihm wurde bewusst, dass er die Frage nach der Rache noch nicht beantwortet hatte. Adrian schüttelte langsam den Kopf.

„Ich bin dir dankbar dafür, dass du schon so viel über die Frau und die Tochter herausgefunden hast …"

Der Sportkumpel fiel ihm ins Wort und legte eine Hand auf Adrians Schulter.

„Dafür sind Freunde doch da, oder nicht? Nachdem die Leichen deiner Freundin und der anderen Frau entdeckt worden waren, gingen schon bald die ersten Informationen online. Teilweise grausige Fotos, die ich dir nicht gezeigt habe. Obwohl ich dich nicht für ein Weichei halte."

Adrian merkte, dass sein Kreislauf verrücktspielte. Doch inzwischen hatten sein Körper und sein Geist den allerersten Schock einigermaßen verarbeitet.

„Die Bilder hast du im Darknet gefunden, nicht wahr?"

„Allerdings", gab Mathis zu. „Auf normalen Plattformen würden solche Aufnahmen sofort gelöscht. Ich frage mich sowieso, wer sie gemacht hat. Wahrscheinlich ein Bulle mit Sinn für Gerechtigkeit. Oder einer dieser Polizei-Stalker, die den Spezialeinheiten zu jedem Einsatz folgen. Ist ja letztlich auch egal. Als die Elitebullen dann später das Haus in Poppenbüttel gestürmt haben, konnte man den Namen des Besitzers ganz leicht herausfinden. Von dort zu den Infos über seine Frau und sein Kind war es nur ein kleiner Schritt. Ich weiß jetzt, wo Janina arbeitet und wo die kleine Rabea zur Schule geht. Ihr könnte auf dem Weg dorthin sehr leicht etwas zustoßen."

In Mathis' Augen erschien ein seltsamer Glanz, als er den letzten Satz aussprach.

Adrian runzelte die Stirn und schaute seinem Kumpel direkt ins Gesicht.

„Du würdest wirklich so weit gehen, ein Kind zu töten?"

Mathis beugte sich vor und redete leise und verschwörerisch auf Adrian ein.

„Überleg doch mal, Junge! Schaper ist ein eiskalter Killer, ein Menschenleben bedeutet ihm nichts! Wie willst du so einen Bastard bestrafen? Glaubst du, der fürchtet sich vor dem Knast? Da werden solche Monster von den anderen Knackis auch noch angehimmelt, das hört man immer wieder. Dort werden sie für ihn den roten Teppich ausrollen. Seine Frau und seine Tochter müssen ihm etwas bedeuten, sonst hätte er sie schon längst umgelegt. Wenn die kleine Rabea stirbt, dann würden wir Schaper damit wirklich treffen. Vor allem muss er kapieren, dass ihr Tod eine Racheaktion für seine feigen Morde ist."

Adrian schüttelte den Kopf.

„Nein, das kommt nicht in Frage! Das kleine Mädchen wird nicht angerührt. Wir sind nicht solche Ungeheuer wie Schaper!"

Mathis hob abwehrend die Handflächen, seine schmalen Lippen verzogen sich zu einem entschuldigenden Lächeln.

„Schon gut, das ist allein deine Entscheidung. Du bist ja derjenige, der einen geliebten Menschen verloren hat. Ich bin nur hier, um dir zu helfen." Mathis machte eine kurze Pause, dann fügte er leiser hinzu: „Und was ist mit der Ehefrau? Ich finde, Janina Schaper hat ihr Leben verwirkt."

9

Nach dem kurzen Telefonat mit Melanie fuhren Heike und Ben sofort zum Polizeipräsidium, wo sie sich mit ihren Kollegen treffen wollten. Im Haus des Mörders konnten sie derzeit sowieso nichts weiter ausrichten.

Die Ergebnisse der Spurensicherung sollten ohnehin so bald wie möglich auf Heikes Tisch landen. Und falls die Ermittler den „Hobbyraum" oder andere Zimmer näher untersuchen wollten, dann konnten sie das später immer noch tun.

„Ist Koslowski schwer verletzt?", fragte Ben, als sie im Auto saßen und Richtung Alsterdorf brausten.

Heike schüttelte den Kopf.

„Offenbar nicht. Melanie sagt, dass er einen stationären Aufenthalt im Krankenhaus verweigert."

„Und wie geht es Schapers Angehörigen?", wollte der Hauptkommissar wissen.

„Die Ehefrau und die Tochter sind unverletzt geblieben, wenn ich es richtig verstanden habe. Natürlich werden sie den Schock ihres Lebens bekommen haben, als sie von Schapers Untaten erfuhren."

„Oder sie konnten gut schauspielern", schränkte Ben ein. „Zumindest die Ehefrau."

Heike zog die Augenbrauen zusammen.

„Du glaubst, Janina Schaper wusste von den Morden?"

„Denkst du das etwa nicht, Heike? Natürlich wäre es möglich, dass Schaper ein Doppelleben geführt hat. Dafür würde auch die massive Sicherheitstür vor seinem ‚Hobbyraum' sprechen. In dem Fall müsste seine Frau allerdings reichlich naiv sein."

„Wir werden sie so bald wie möglich befragen", gab Heike zurück. „Aber wir konnten damals vor Maja nicht lange geheim halten, dass du sie mit mir betrogen hast."

Kaum hatte Heike diese Sätze ausgesprochen, als sie es auch schon bereute. Was brachte es, immer wieder alte Wunden aufzureißen? Sie war eigentlich froh, dass sie momentan halbwegs normal mit Ben auskommen konnte.

Zum Glück schien ihre Bemerkung ihn nicht zu erschüttern. Weder zog er sich in sein Schneckenhaus zurück, noch flippte er aus.

„Das stimmt natürlich", gab er zu. „Es gibt allerdings einen entscheidenden Unterschied: Wir *wollten* mit Maja reinen Tisch machen. Wenn wir es darauf angelegt hätten, wäre unsere Liebe jahrelang unentdeckt geblieben."

Heike wurde es ganz warm ums Herz. Ben hatte soeben ihr Verhältnis zueinander nicht als Affäre oder Seitensprung bezeichnet, sondern andere Worte gewählt.

Unsere Liebe.

Ob Heike ihm immer noch so viel bedeutete wie er ihr? Sie musste jedenfalls nicht lange darüber nachdenken, was für Gefühle sie für ihn hegte.

Allerdings befanden sie sich mitten in einer brisanten Mordermittlung. Da zählten nur Tatsachen und Zusammenhänge, private Emotionen mussten auf den Feierabend verschoben werden.

Heike versuchte, den Bogen zurück zum aktuellen Fall zu schlagen.

„Wenn Janina Schaper von den Morden gewusst hat, wird sie vermutlich auch mal in diesem sogenannten Hobbyraum gewesen sein. Und falls das zutrifft, werden wir es mit Hilfe von DNA-Spuren beweisen können. Angesichts der abartigen Wanddekoration kann sie jedenfalls nicht behaupten, dort nur

Staub gewischt zu haben, ohne einen Verdacht gegen ihren Mann zu hegen."

Ben nickte.

Ob er schon bereute, was er gerade gesagt hatte? Obwohl Heike ihn besser kannte als alle anderen Menschen auf der Welt, hätte sie unmöglich sagen können, was in diesem Moment in seinem Kopf vorging.

Wenig später trafen sie im Polizeipräsidium ein und eilten zu den Diensträumen der Sonderkommission Mord. Dr. Laura Brink, Melanie Russ und Koslowski warteten bereits im Besprechungszimmer.

Der aus Dortmund stammende Kommissar hatte in jedem Nasenloch eine Tamponade.

„Wie geht es dir, Rüdiger?", fragte Heike.

„Unkraut vergeht nicht", gab er mit seltsam verzerrter Stimme zurück. „Bevor ich zurückschlagen konnte, hatte Melanie dem Angreifer schon eine Pfefferspray-Dusche verpasst. Daraufhin ging er zu Boden."

„Und gleich darauf kamen uns die Bundespolizei-Kollegen zu Hilfe", ergänzte die junge Kommissarin.

„Die entscheidende Frage lautet, woher diese Aggressoren von der Ankunft der beiden Personen wussten", schnarrte die Kriminalrätin.

Koslowski zuckte mit den Schultern.

„Von uns jedenfalls nicht", sagte er. „Wahrscheinlich wurden die MEK-Kollegen von irgendwelchen Sensationsstalkern verfolgt, die nichts Besseres zu tun haben."

„Jetzt ist der Geist jedenfalls aus der Flasche, um es mal poetisch auszudrücken", seufzte Frau Dr. Brink. „Die Namen und die Adressen der Familie Schaper werden schon in den einschlägigen Hass-Foren kursieren. Die Lynchjustiz-Fanatiker dürften sich jetzt auf die Frau und die Tochter einschießen. Und zwar unabhängig davon, ob sie an den Verbrechen von Dennis Schaper eine Mitschuld trifft."

„Wie pervers ist das denn?", regte Melanie Russ sich auf.

„Das kleine Mädchen wäre bei dem Angriff dieser Fanatiker vor Angst beinahe gestorben. Rabea Schaper ist gerade mal acht Jahre alt und dürfte ihrem Vater bei seinen Bluttaten wohl kaum assistiert haben."

Die Chefin schüttelte den Kopf.

„Davon gehe ich auch nicht aus. Aber solche logischen Zusammenhänge spielen für die einschlägigen Verdächtigen keine Rolle. Sie würden auch ein Kind verletzen oder töten, wenn sie an den Vater nicht herankommen."

Heike stieß langsam die Luft aus den Lungen. Genau wie Ben hatte sie am Konferenztisch Platz genommen.

„Das sind ja grandiose Aussichten! Wie soll es mit Mutter und Kind denn nun weitergehen?"

„Die Tochter wird momentan von einer Kinderpsychologin betreut", erwiderte die Kriminalrätin. „Dadurch wird sie mit der unerwarteten Attacke auf dem Dammtor-Bahnhof hoffentlich besser fertigwerden."

„In das Haus können die beiden jedenfalls noch nicht zurückkehren", stellte Ben fest. „Die Kriminaltechniker haben ihre Arbeit dort noch lange nicht beendet."

Heike nickte und berichtete von den Beobachtungen im „Hobbyraum". Frau Dr. Brinks Miene blieb unbewegt. Trotzdem glaubte Heike, dass die Aussicht auf weitere Mordopfer die Chefin nicht kaltließ. So etwas konnte niemandem gleichgültig sein.

Nachdem Heike geendet hatte, entstand eine kurze Pause. Dann ergriff Frau Dr. Brink wieder das Wort.

„Wie wollen Sie nun weiter vorgehen?"

„Zunächst werden wir uns mit der Abteilung für vermisste Personen kurzschließen", erwiderte die Hauptkommissarin. „Die Identität der Frauen auf Schapers Fotomontagen muss dringend geklärt werden. Außerdem möchte ich so bald wie möglich mit Frau Schaper sprechen."

„Die Dame ist völlig durch den Wind", näselte Koslowski. „Sie fiel aus allen Wolken, als sie von der Verhaftung ihres

Mannes erfuhr. Sie hält ihn für unschuldig. Wir wollten in Gegenwart des Kindes nicht genauer ins Detail gehen. Und dann flogen auch schon die Fäuste und wir hatten alle Mühe, den Mob von Mutter und Tochter fernzuhalten."

„Frau Schaper ist von einem Amtsarzt untersucht worden und hat eine Beruhigungsspritze bekommen", erklärte die Kriminalrätin. „Sie befindet sich momentan im Sanitätsraum im dritten Stockwerk und ruht sich aus. Ich werde veranlassen, dass sie hierhergebracht wird, falls sie sich dazu schon in der Lage fühlt."

„Wir dürfen nicht ausschließen, dass sie eine Mittäterin ist", betonte Ben. „Ihr Erstaunen angesichts der Verbrechen ihres Mannes kann auch geschauspielert sein."

Heike runzelte die Stirn. Kam es ihr nur so vor oder schoss ihr Dienstpartner sich gerade auf die Ehefrau als Komplizin ein? Wurde er dabei womöglich von der unrühmlichen Rolle seiner eigenen Gattin in seinem Urteilsvermögen beeinflusst?

Kaum war der Hauptkommissarin dieser Gedanke gekommen, als sie ihn auch schon wieder verwarf.

Man konnte Ben wirklich nicht vorwerfen, einen Scheuklappenblick zu haben. Außerdem gab es gewiss objektive Indizien, die entweder Janina Schapers Schuld oder Unschuld beweisen würden.

„Was sollen wir tun?", fragte Melanie Russ.

„Sie unterstützen Frau Stein und Herrn Wilken bitte bei der Identifizierung möglicher weiterer Opfer", ordnete die Chefin an. „Wenn das Blut an den von Frau Stein erwähnten Messern wirklich von Menschen stammt, dann kommt reichlich Arbeit auf uns zu."

Nach dieser Ansage griff Frau Dr. Brink zum Telefon. Das Gespräch dauerte nur kurz, dann wandte sie sich an Heike.

„Frau Schaper möchte unbedingt mit uns reden. Tun Sie Ihr Bestes, Frau Stein. Sie beharrt anscheinend immer noch auf der Unschuld ihres Mannes."

Das kann ja heiter werden, dachte die Hauptkommissarin.

Aber sie nickte nur und verließ gemeinsam mit Ben das Konferenzzimmer. Sie hatten gerade noch Zeit für einen schnellen Kaffee in der Teeküche, bevor eine unbekannte Frau in Begleitung einer uniformierten Polizeimeisterin die Räume der Sonderkommission Mord betrat.

Die Zivilistin musste Janina Schaper sein.

Heike war erstaunt darüber, wie attraktiv die Frau des Killers wirkte. Unwillkürlich hatte sie vermutet, mit einer Vogelscheuche konfrontiert zu werden. Die Hauptkommissarin schämte sich für ihre eigenen Vorurteile, aber sie war eben auch nur ein Mensch. Außerdem sagte das gute Aussehen dieser Frau nichts über ihr Eheglück aus. Was nutzten Janina Schaper ihre modisch geschnittene blonde Kurzhaarfrisur und der schlanke Modelkörper, wenn zwischen ihr und ihrem Mann gefühlsmäßige Kälte herrschte?

Irgendeinen Grund musste es ja für die Morde geben. Doch diese Überlegung stellte sie einstweilen zurück.

Obwohl Janina Schaper eine Beruhigungsspritze bekommen hatte, wirkte sie immer noch hochgradig nervös, als Heike und Ben auf sie zukamen.

„Sind Sie hier verantwortlich?", fragte die Frau des Mörders mit rauer Stimme. „Es ist wie ein Alptraum, niemand sagt mir etwas. Und meine Tochter ist auch verschwunden!"

„Ihre Tochter wird momentan von einer Psychologin betreut", warf die uniformierte Kollegin ein. „Das haben wir Ihnen aber auch schon mitgeteilt."

Janina Schaper warf der Polizistin einen Blick zu, als ob sie diese zum ersten Mal in ihrem Leben sehen würde. Heike fragte sich, ob eine Befragung dieser Frau zu diesem Zeitpunkt überhaupt sinnvoll war.

Das musste sich zeigen, sie benötigte unbedingt Informationen.

Heike stellte Ben und sich mit Namen und Dienstgrad vor. Dann sagte sie: „Wir möchten Sie auf den neuesten Stand unserer Ermittlungen bringen, Frau Schaper."

„Ich bitte darum", erwiderte die Frau und drückte ihre Handtasche wie einen kranken Säugling an sich.

Janina Schaper war modisch, aber nicht aufreizend gekleidet. Sie trug eine beige Designer-Jeans, ein figurbetontes kaffeefarbenes Oberteil und eine offene leichte Strickjacke im gleichen Farbton. Ihre Füße steckten in dunklen Sneakers.

Die Ermittler führten die Frau in einen freien Verhörraum. Janina schaute sich in dem fensterlosen Zimmer um.

„Bin ich verhaftet?", wollte sie mit belegter Stimme wissen.

Heike schüttelte den Kopf.

„Wir befragen Sie heute als Zeugin, nicht als Beschuldigte", erklärte sie. „Trotzdem können Sie natürlich einen Rechtsbeistand hinzuziehen, wenn Ihnen das lieber ist."

„Ich kenne gar keinen Strafverteidiger", sagte Janina Schaper. „Und ich brauche keinen Anwalt, denn ich bin unschuldig – genauso wie mein Mann."

„Wir können verstehen, dass die Verhaftung Ihres Gatten ein Schock für Sie gewesen sein muss", entgegnete die Hauptkommissar. „Aber die Beweislage ist eindeutig. Ganz abgesehen davon hat er bereits ein Geständnis abgelegt."

Heike hatte gemeinsam mit Ben gegenüber von Janina Schaper Platz genommen. Sie zählte die bisher bekannten Fakten auf, wobei sie die grässlichsten Details wegließ. Vor allem kam es ihr darauf an, die Reaktionen der Ehefrau zu beobachten.

Für Janina Schaper schien buchstäblich eine Welt zusammenzubrechen. Sie war schon unruhig gewesen, als die Polizistin sie zur Sonderkommission Mord begleitet hatte. Je mehr Einzelheiten sie nun von Heike erfuhr, desto sichtlich nervöser wurde sie. Ihre Augenlider flatterten, die Unterlippe zitterte. Und sie drehte unaufhörlich an ihrem Ehering, als ob sie ihn am liebsten abziehen wollte.

Ben stand auf und besorgte Mineralwasser für Heike, Janina Schaper und sich selbst. Als er das Glas vor die Gattin hinstellte, stürzte sie die kalte Flüssigkeit auf ex herunter.

„Ich komme mir vor wie in einem Alptraum", sagte die Gattin des Killers nach einem kurzen Schweigen.

„Fühlen Sie sich dazu in der Lage, einige Fragen zu beantworten?"

„Ja, Frau Stein. Ich weiß nicht, ob ich Ihnen wirklich eine Hilfe sein kann. Ich wusste nichts von diesen … diesen Dingen, das müssen Sie mir glauben."

„Dann waren Sie also niemals in dem ‚Hobbyraum' Ihres Mannes?", wollte Ben wissen.

Heike fand, dass seine Frage hart und inquisitorisch klang. Vielleicht kam es ihr auch nur so vor. Auf jeden Fall hatte er lauter gesprochen als sie selbst.

„W-wieso wollen Sie das wissen?", stammelte Janina Schaper.

„Beantworten Sie bitte einfach die Frage meines Kollegen", sagte Heike freundlich. „Wenn Sie sich nicht so genau erinnern können …"

„Natürlich weiß ich das noch!", entgegnete die Ehefrau. „Sie sollten mich nicht für beschränkt halten. – Ich habe dieses Kellergelass vor ungefähr drei Wochen gründlich geputzt. Dennis wollte es sich als Bastelraum einrichten."

„Was befand sich zu der Zeit an den Wänden?", hakte Heike nach.

Janina Schaper warf ihr einen verständnislosen Blick zu.

„Gar nichts, die Wände waren weiß gekalkt. Wie kommen Sie darauf?"

Das ist entweder die Wahrheit oder eine clevere Ausrede, dachte Heike. Wenn die Kriminaltechniker jetzt DNA-Spuren der Ehefrau in dem Raum fanden, konnte sie es auf die angebliche Putzaktion zurückführen.

Ob Ben mit seinem Verdacht gegen Janina Schaper doch recht hatte?

Heike stellte diese Frage zurück. Die Ermittlungen waren noch ganz am Anfang.

„Wer hat einen Schlüssel zum ‚Hobbyraum' Ihres Mannes?", wollte Ben wissen. Während er sich bei Verhören ansonsten meist zurückhielt, legte er sich jetzt richtig ins Zeug.

Die Ehefrau zuckte mit den Schultern.

„Dennis hat einen Schlüssel zu dem Raum an seinem Schlüsselbund."

Ben schüttelte den Kopf.

„Wir kennen diese Art von Sicherheitsschloss, sie wird üblicherweise mit zwei Schlüsseln geliefert", erklärte der Hauptkommissar. „Wo befindet sich das zweite Exemplar?"

„Ich weiß es nicht, Herr Wilken. Darum habe ich mich nicht gekümmert. Dennis bat mich, das Kellergelass einmal durchzuputzen, bevor er dort seinen Bastelraum einrichten wollte."

„Also wussten Sie nichts von den Fotocollagen, die Ihr Mann angefertigt hat?"

„Nein, ich ...", begann Janina Schaper. Sie unterbrach sich, weil Ben nun sein Smartphone hervorzog und ihr ein Bild präsentierte, das er in dem Raum aufgenommen hatte.

Die Ehefrau rang nach Luft, riss die Augen weit auf und schlug sich schließlich die flachen Hände vor das Gesicht.

„D-das soll mein Mann gemacht haben?", brachte sie schließlich mit zitternder Stimme hervor.

„Ich habe Ihnen eines der harmloseren Kunstwerke gezeigt", sagte Ben. „Wollen Sie vielleicht noch andere Collagen sehen?"

„Bitte nicht!"

Heike fand, dass Ben die Frau zu hart anfasste. Das war sonst gar nicht seine Art. Ob er sich nach seinen schlechten Erfahrungen mit Maja bewusst oder unbewusst auf weibliche Verdächtige einschoss? Und – war Janina Schaper überhaupt verdächtig?

Die Hauptkommissarin hatte jedenfalls keine Lust auf so ein *Guter-Bulle-böser-Bulle*-Spiel, obwohl ihr selbst dabei die Rolle der freundlichen und verständnisvollen Polizistin zukam.

Sie wollte nicht weiter auf diesem Schlüssel herumhacken, sondern wechselte das Thema.

„Was machen Sie eigentlich beruflich, Frau Schaper?"

„Ich arbeite als Teilzeitkraft in einer Au-Pair-Agentur", erwiderte die Gattin des Killers. „Nach Rabeas Geburt bin ich ein paar Jahre zu Hause geblieben, dann stieg ich wieder ein. Vor meiner Schwangerschaft war ich dort in Vollzeit beschäftigt."

Au-Pair-Agentur? Nicht nur Heike wurde bei diesem Wort hellhörig. Auch Ben war alarmiert, wie der Hauptkommissarin ein kurzer Seitenblick auf ihren Dienstpartner bewies. Bevor er wieder als Elefant im Porzellanladen tätig werden konnte, ließ Heike sich von Janina Schaper schnell die Adresse der Agentur geben.

Nun kam Ben doch zu Wort: „Hatte Ihr Ehemann Zugriff auf die Daten der Agentur?"

„Selbstverständlich nicht!", lautete die empörte Antwort. „Ich habe daheim so gut wie nie über meine Arbeit gesprochen."

„So so", brummte der Hauptkommissar. Sein Tonfall bewies Heike, dass er Janina Schaper kein Wort glaubte. Und sie musste selbst zugeben, dass diese Arbeitsstelle gut zu der langen Liste an mutmaßlich ermordeten jungen Frauen passte. Vielleicht ein wenig *zu* gut. In ihrem Job hatte Heike schon oft feststellen müssen, dass die naheliegendste Lösung nicht zwangsläufig die richtige war.

Trotzdem würden sie und Ben natürlich die Fotos der mutmaßlichen Opfer mit den Agentur-Bildern abgleichen.

„Dann wäre noch zu klären, wo Sie und Ihre Tochter während der nächsten Tage und Nächte unterkommen können", sagte die Hauptkommissarin. „In Ihrem Haus ist das nicht möglich, weil es noch kriminaltechnisch untersucht wird. Außerdem …"

Janina Schaper schnaubte ironisch und fiel Heike ins Wort.

„… außerdem gibt es wahrscheinlich noch mehr Leute, die sich an Rabea und mir für das rächen wollen, was mein Mann getan hat. Ich kann es immer noch nicht richtig glauben, aber allmählich muss ich mich wohl mit der grausamen Wirklichkeit abfinden."

„Ihnen ist nie etwas Verdächtiges aufgefallen?", fragte Ben skeptisch.

Die Ehefrau warf ihm einen gereizten Blick zu.

„Wenn mein Mann Überstunden gemacht hat, dann habe ich nicht von ihm wissen wollen, ob er stattdessen eine junge Frau erstochen hat – falls es das ist, was Sie meinen. Ich war so naiv anzunehmen, dass Dennis' Hobby nicht im bestialischen Töten junger Frauen besteht!"

Janina Schaper brach trotz des Beruhigungsmittels in Tränen aus.

Heike blickte Ben leicht genervt an.

„Ich schlage vor, dass wir die Befragung zu einem späteren Zeitpunkt fortsetzen", sagte sie mit Bestimmtheit. Dann warteten die Ermittler darauf, dass die Ehefrau des Killers sich wieder fing.

Sie putzte sich die Nase und trocknete ihre tränennassen Wangen mit einem Papiertaschentuch.

„Ich, … wir könnten vielleicht bei meiner Kusine Birgit unterkommen. Sie wohnt in Lokstedt."

Heike war skeptisch.

„Eine Kusine? Besteht nicht die Gefahr, dass Sie dort von den selbsternannten Rächern aufgespürt werden? Diese Leute konnten immerhin auch herausfinden, mit welchem Zug Sie auf dem Dammtor-Bahnhof eingetroffen sind."

„Das stimmt, aber Birgit und ich haben kaum Kontakt. Sie lebt zurückgezogen. Und ich weiß auch nicht, ob sie uns aufnehmen würde. Darf ich telefonieren?"

„Selbstverständlich, kommen Sie."

Heike stand auf und brachte Janina Schaper in die Teeküche der Sonderkommission Mord, damit sie dort mit ihrem Smartphone die Kusine anrufen konnte.

Dann kehrte die Hauptkommissarin in den Verhörraum zurück.

„Du hättest nicht so grob mit ihr umspringen müssen", warf sie Ben vor. „Die Welt dieser Frau ist schließlich gerade komplett eingestürzt."

„Ach wirklich?", gab er gereizt zurück. „Und was ist mit den Eltern und Freunden der Opfer? Hast du auch mal an die gedacht? Ich habe gehört, dass Saskia Rottmanns Freund zusammengebrochen ist, als Melanie und Koslowski ihm die Todesnachricht überbracht haben."

„Die Verwandten der Opfer sind mir nicht egal, das weißt du. Aber noch haben wir nicht den geringsten Beweis für die Schuld der Ehefrau."

Ben nickte.

„Richtig, und für ihre Unschuld spricht ebenfalls nichts. Sie wäre nicht die erste Täterin, die Krokodilstränen produziert, um uns einzuwickeln. Darauf dürfen wir nicht hereinfallen."

Die Hauptkommissarin hätte am liebsten mit den Augen gerollt. Aber sie wollte jetzt keinen Streit vom Zaun brechen. Es war wichtig, dass sie und ihr Dienstpartner an einem Strang zogen. Außerdem: Ben konnte ein Sturkopf sein, doch durch harte Fakten ließ er sich stets überzeugen. Wenn sich keine belastenden Hinweise auf Janina Schapers Mittäterschaft fanden, dann würde er seine Vorbehalte gegen die Frau aufgeben.

Das war zumindest Heikes Hoffnung.

Bevor sie das Thema weiter vertiefen konnte, kehrte die Ehefrau des Killers in den Verhörraum zurück.

„Birgit ist einverstanden. Sie klang zwar nicht begeistert, ihre Hilfe verweigert hat sie mir allerdings trotzdem nicht. Das würde wohl auch ihrer christlichen Grundüberzeugung widersprechen, sie ist sehr stark in einer Freikirche engagiert."

Die Hauptkommissarin nickte und schaute auf die Uhr.

„Ich werde mal mit der Psychologin sprechen, die sich momentan um Ihre Tochter kümmert. Es wäre gut, wenn wir bald losfahren könnten. Herr Wilken und ich bringen Sie und Rabea selbstverständlich zu Ihrer Kusine."

Heike war nicht ganz wohl dabei, Janina Schaper in Bens Gesellschaft zurückzulassen. Andererseits: Sollte er vielleicht mit der Therapeutin Kontakt aufnehmen? Das hielt Heike für keine gute Idee. Obwohl sie selbst keinen Nachwuchs hatte, fühlte sie sich doch eher dazu in der Lage, eine Beziehung zu Kindern aufzubauen. Die Hauptkommissarin wurde inzwischen auch von Bens Tochter akzeptiert. Pia begrüßte Heike stets herzlich, wenn sie Ben besuchte. Und einmal hatte Heike sogar die Frage des Kindes aufgeschnappt, ob sie – Heike – die neue Mama werden sollte.

Bens Antwort hatte Heike allerdings nicht abgewartet. Sie wollte nicht beim heimlichen Lauschen ertappt werden. Und vielleicht fürchtete sie sich auch vor dem, was er darauf erwidert hatte.

Die Polizeipsychologin Dr. Grit Kirschner war eine muntere Frau in Heikes Alter, die mit ihren roten Zöpfen wie eine erwachsen gewordene Pippi Langstrumpf aussah. Nur ihr dunkler Hosenanzug wollte nicht zu dieser mädchenhaften Ausstrahlung passen.

„Das Kind hat durch den Angriff auf dem Bahnhof einen Schock erlitten, aber das ist vollkommen normal", sagte Dr. Kirschner zu der Hauptkommissarin. Rabea spielte im Nebenzimmer.

Die Psychologin fuhr fort: „Rabea begreift allmählich, dass ihr Vater etwas sehr Schlimmes getan haben soll. Sie weigert sich noch, so etwas glauben zu wollen. Es wird lange dauern, bis sie damit zurechtkommt. Nach meiner Einschätzung liebt Rabea ihre Eltern. Ich konnte nach einer ersten Begutachtung keine Hinweise auf Vernachlässigung oder Missbrauch feststellen."

Heike nickte grimmig. Das war eine gute Nachricht. Offenbar hatte Schaper ein perfektes Doppelleben geführt. Bei der Tochter zweifelte die Hauptkommissarin nicht daran, dass sie von der düsteren Seite des Familienvaters nichts gewusst hatte.

Heike berichtete der Therapeutin davon, dass Janina und Rabea Schaper bei der Kusine übernachten sollten.

„Das ist eine gute Idee", lautete die Antwort. „Eine Verwandte wird dem Kind Stabilität geben, eine vertraute Umgebung ist auf jeden Fall besser als ein Hotelzimmer oder eine Einrichtung der Jugendhilfe."

Eigentlich hatte Janina Schaper ja gesagt, dass das Verhältnis zu Birgit nicht besonders innig war. Doch die Unterbringung dort schien unter den gegebenen Umständen das Beste zu sein.

Frau Dr. Kirschner und Heike gingen ins Nebenzimmer, wo das Kind an einem Tisch saß und konzentriert mit Buntstiften malte.

Rabea blickte auf und schaute Heike so ernst an, als ob sie auf einer Beerdigung wäre.

„Hallo, ich bin Heike und bringe dich jetzt zu deiner Mama."

Die Hauptkommissarin fand selbst, dass ihre Fröhlichkeit verflixt aufgesetzt klang.

Das Mädchen rutschte wortlos von dem Hocker herunter. Heike warf noch einen kurzen Blick auf die Zeichnung.

Die Kleine hatte einen Zug gemalt, aus dem eine Frau und ein Kind ausstiegen. Da waren noch andere Leute zu sehen. Einer von ihnen bekam eine Faust ins Gesicht, und Rabea hatte bei ihrer Darstellung nicht mit großen roten Blutstropfen gespart. Diese Figur sollte zweifellos Koslowski sein. Die Szene musste sich in das Gedächtnis des Kindes eingebrannt haben.

Heike wurde von einer grenzenlosen Wut auf die Randalierer erfasst. Sie hoffte auf eine harte Strafe zumindest für den Kerl, der ihren Kollegen angegriffen hatte.

Doch die Richter zogen nicht gern die Samthandschuhe aus.

Wenig später saßen Mutter und Tochter auf dem Rücksitz eines neutralen Dienst-BMW. Ben fuhr und Heike hatte auf dem Beifahrersitz Platz genommen.

„Ihre Kusine erwartet Sie bereits", sagte die Hauptkommissarin im Plauderton. „Dann wird es gewiss erst einmal Abendessen geben."

„Bei Tante Birgit stinkt es", sagte Rabea. Es waren die ersten Worte, die sie von sich gab, seit Heike sie bei der Polizeipsychologin abgeholt hatte.

„Das ist kein Gestank, sie verwendet gern Raumdüfte", gab die Mutter mit tonloser Stimme zurück.

Mehr wurde nicht gesprochen, bis Ben in eine stille Wohnstraße in Lokstedt einbog.

„Direkt vor dem Haus kann ich nicht parken, nur gegenüber", sagte er.

Nachdem der Hauptkommissar den BMW zum Stehen gebracht hatte, stiegen die beiden Frauen und das Mädchen aus.

Der schwarze SUV kam wie aus dem Nichts.

Mit irrsinniger Geschwindigkeit raste das Fahrzeug auf die drei Personen zu. Janina Schaper schrie in Todesangst. Sie und Heike wurden von dem Auto knapp verfehlt.

Doch ihre Tochter wurde wie eine Puppe zur Seite geschleudert.

10

Kommissarin Melanie Russ hatte von Heike die Adresse der Au-Pair-Agentur bekommen, bevor die Hauptkommissarin und Ben Wilken mit der Ehefrau und der Tochter des Mörders nach Lokstedt gefahren waren. Außerdem hatte die kriminaltechnische Abteilung diejenigen Fotos aus dem „Hobbyraum" kopiert, die offensichtlich nicht aus uralten Pornoheften stammten. Diese Indizien hatte Melanie in einer Mappe bei sich, als sie gemeinsam mit Koslowski zum Jungfernstieg unterwegs war. An dieser exklusiven Adresse mit Alsterblick residierte die private Vermittlungsstelle.

Die Kommissarin fuhr.

„Du hättest dich ruhig krankschreiben lassen können", sagte sie zu Koslowski, der mit seinen Tamponaden in der Nase auf dem Beifahrersitz hockte und nicht gerade wie das blühende Leben aussah. Er hatte an seinem Smartphone herumgespielt und steckte es nun weg.

„Unsinn, ich bin fit wie ein Turnschuh. Aber dieser Lynchmob macht mir Kopfzerbrechen, ehrlich gesagt. Wir können uns ja unserer Haut wehren, das haben wir gelernt. Doch diese Dreckskerle schrecken noch nicht mal davor zurück, ein Kind anzugreifen."

„Ja, es gibt nichts Schlimmeres als selbst ernannte Gerechtigkeitsfanatiker", stimmte Melanie zu. „Ich glaube, du brauchst heute Abend ganz besonders intensive Pflege."

Koslowski grinste, denn die Kommissarin hatte ihre Hand auf sein Knie gelegt, während sie sprach.

„Von meiner ganz persönlichen Krankenschwester?", vergewisserte er sich.

„Wenn du brav bist, lese ich dir jeden Wunsch von den Augen ab", behauptete Melanie.

„Versprich nichts, was du nicht auch halten kannst."

„Wie gesagt, wenn du brav bist", unterstrich sie.

„Ich werde mich benehmen wie ein kleiner Engel."

„Ein Engel mit Tamponaden in der Nase und Klamotten aus der Rot-Kreuz-Sammlung", seufzte Melanie. „Na ja, immer noch besser als gar nichts."

„Was hast du an meinem Bekleidungsstil auszusetzen?", forschte Koslowski.

„Zum Beispiel, dass du überhaupt keinen Stil *hast*. – Da vorn muss es sein."

Melanie deutete auf ein imposantes Jugendstil-Geschäftshaus. Sie fuhr den Dienstwagen in eine nahegelegene Tiefgarage. Wenig später betraten die beiden Ermittler die Räume der Au-Pair-Agentur. In dem Gebäude waren auch ein Steuerberater, ein Übersetzungsbüro sowie eine Anwaltskanzlei untergebracht. Die Vermittlungsagentur hatte das gesamte erste Stockwerk gemietet.

Die Dame am Empfang schien Melanies Ansicht über Koslowskis Montur zu teilen. Jedenfalls warf sie ihm einen missbilligenden Blick zu, bevor sie ihr geschäftsmäßiges Lächeln einschaltete.

„Herzlich Willkommen in der Agentur Anders! Sie haben eine Au-Pair-Stelle zu besetzen?"

„Nicht direkt", näselte Koslowski und zeigte seinen Dienstausweis. „Wir müssen dringend mit Ihrem Boss sprechen."

„Ich will sehen, ob Frau Anders Zeit für Sie hat", sagte die Angestellte. Sie hatte offensichtlich nicht mit einem Besuch durch die Polizei gerechnet. Melanie war irritiert. Wirkten sie und Koslowski wie Eheleute, die ein Au-Pair-Mädchen einstellen wollten? Doch dann machte sie sich bewusst, dass die meisten Paare, die hierherkamen, genau diesen Wunsch hatten. Deshalb war das Erstaunen des Empfangsmädels durchaus verständlich.

Während der Kommissarin diese Gedanken durch den Kopf gingen, war die Mitarbeiterin schon in den hinteren Bereich des Büros geeilt. Wenig später kehrte sie zurück, um die Ermittler zu ihrer Chefin zu bringen.

Cynthia Anders war eine attraktive Frau mit pechschwarzer Löwenmähne. Melanie konnte sich gut vorstellen, dass sie in ihrer Jugend ein Model gewesen war. Jetzt schien die Unternehmerin zwischen vierzig und fünfzig Jahren alt zu sein. Ihr Geschäftskostüm stammte von einem japanischen Star-Designer, für so etwas hatte Melanie einen Blick. Die Kommissarin stellte sich und Koslowski mit Namen und Dienstgrad vor.

Cynthia Anders nickte, lehnte sich in ihrem Bürosessel zurück und schlug ihre langen Beine übereinander.

„Was kann ich für Sie tun?"

Melanie trat näher an den penibel aufgeräumten Schreibtisch und schlug ihre mitgebrachte Mappe auf.

„Die jungen Frauen auf diesen Fotos sind mutmaßlich einem Verbrechen zum Opfer gefallen. Wir versuchen momentan, ihre Identität zu ermitteln. Ich möchte Sie bitten, sich die Aufnahmen genau anzuschauen. Wurde eines der Mädchen durch Ihre Agentur vermittelt? Oder vielleicht sogar mehrere?"

Die Agenturchefin kräuselte ihre Nase.

„Ich fürchte, dass ich Ihnen nicht helfen kann. Der Datenschutz, Sie verstehen schon …"

Koslowski schaltete sich ein.

„Und ich fürchte, dass wir Ihren noblen Laden auseinandernehmen werden, wenn Sie nicht kooperieren! Wir haben den Ehemann Ihrer Mitarbeiterin Janina Schaper verhaftet, er hat bereits zwei Morde gestanden. Und wenn Sie hier mauern, dann könnte Ihr Verhalten sehr leicht als Behinderung der Justiz aufgefasst werden!"

Cynthia Anders erbleichte und öffnete den Mund. Sie war es wahrscheinlich nicht gewohnt, dass man so mit ihr redete.

Doch sie schien die Entschlossenheit zu spüren, die ihre beiden ungebetenen Besucher ausstrahlten. Vielleicht war sie auch einfach nur zu clever, um der Polizei unnötige Scherereien zu machen.

Die Agenturchefin beugte sich vor und setzte eine Lesebrille auf.

„Ich kann mir die Bilder gern ansehen, wenn Ihnen dadurch gedient ist … Frau Schapers Gatte wurde also verhaftet? Hoffentlich glauben Sie nicht, dass meine Agentur irgendetwas mit seinen Taten zu schaffen hat?"

„Schauen Sie einfach die Fotos an", entgegnete Melanie diplomatisch.

Cynthia Anders musterte einige Aufnahmen, bis sie schließlich stutzig wurde. Sie hielt ein Bild hoch.

„Diese junge Frau könnte Marie Deschamps sein. Sie war eine Französin aus Rennes, die in Hamburg ein Jahr lang als Au Pair arbeiten wollte. Marie wurde vor sechs oder sieben Monaten von ihren Gasteltern als vermisst gemeldet."

Melanie horchte auf.

„Sind Sie sicher?"

„Ja, deshalb war damals die Polizei hier, allerdings konnte ich Ihren Kollegen nicht weiterhelfen. Wir als Agentur sind ja ausschließlich mit der Vermittlung beschäftigt. Ich hatte keine Hinweise darauf, wo Marie sich aufhalten könnte."

Die Kommissarin nickte. Bisher war noch keine Gelegenheit gewesen, sich mit den Kollegen von der Abteilung für vermisste Personen kurzzuschließen. Jedenfalls musste es eine Akte von dieser Marie Deschamps geben.

Melanie fragte: „Haben Sie selbst noch Unterlagen über dieses Au-Pair-Mädchen?"

Cynthia Anders warf ihr einen empörten Blick zu.

„Selbstverständlich, Frau Russ! Einen Moment, bitte."

Die Agenturchefin griff zum Telefon und wies ihre Mitarbeiterin an, ihr die Personalpapiere von Marie Deschamps zu bringen. Es dauerte nicht lange, bis die Empfangsdame mit einem Schnellhefter das Büro ihrer Chefin betrat.

Cynthia Anders klappte die Mappe auf, um den Ermittlern den Inhalt zu zeigen. Es gab Kopien von französischen Schulzeugnissen, außerdem einen auf Deutsch ausgefüllten Personalbogen. Koslowski tippte mit seinem Zeigefinger auf die obere rechte Ecke.

„Gehört dort nicht ein Foto hin?", fragte er mit gespielter Naivität.

Die Agenturchefin nagte an ihrer Unterlippe, bevor sie antwortete.

„Wir *hatten* ein Bild des Au-Pair-Mädchens, aber es muss irgendwann verschwunden sein", murmelte sie.

11

Heike zog ihre Pistole und feuerte auf den davonrasenden SUV. Das Fahrzeug verschwand hinter der nächsten Kurve.

Ben, der noch im BMW gesessen hatte, wollte aussteigen, um zu helfen.

„Verfolg du den Fluchtwagen, ich kümmere mich um die Frau und das Kind!", rief Heike ihm zu. Dann rannte sie zu Janina Schaper. Die war bereits dorthin gelaufen, wo ihre Tochter zu Boden gegangen war.

Die Hauptkommissarin hörte, wie Ben die Fahrertür wieder schloss und dann mit radierenden Reifen einen Kavalierstart hinlegte. Er würde alles tun, um den feigen Attentäter nicht entkommen zu lassen. Heike konzentrierte sich jetzt ganz auf die Rettung des kleinen Mädchens.

Rabea war ohne Bewusstsein, lebte aber noch. Blut sickerte aus ihren Nasenlöchern. Heike konnte die Mutter gerade noch davon abhalten, das Kind zu berühren.

„Ihre Tochter könnte innere Verletzungen haben", sagte sie, während sie gleichzeitig ihr Smartphone aus der Tasche zog und einen Notarzt sowie eine Ambulanz anforderte.

Nun kam eine unscheinbar aussehende Frau aus dem Haus, in dem Janina und Rabea eigentlich die Nacht hatten verbringen wollen.

„Um Gottes willen, was ist denn geschehen, Janina?", rief sie.

Heike hatte offenbar Birgit vor sich.

„Ich bin Hauptkommissarin Stein von der Kripo Hamburg", stellte sie sich vor. „Kümmern Sie sich bitte um Ihre Kusine."

Janina Schaper schien unter Schock zu stehen. Sie war totenbleich, hatte die flache Hand vor den Mund geschlagen und konnte ihren Blick nicht von dem leblosen Kind abwenden. Heike griff zum Funkgerät und gab eine Fahndungsmeldung nach dem SUV heraus. Sie hatte zumindest Teile des Nummernschildes erkennen können.

Zum Glück traf der Krankenwagen schon wenig später ein.

Der Notarzt untersuchte das Kind nur kurz, dann wurde es sofort in die Notaufnahme geschafft. Heike und Janina Schaper fuhren natürlich mit. Es wäre für die Hauptkommissarin undenkbar gewesen, die Frau nach diesem Mordanschlag alleinzulassen. Während der Fahrt mit Blaulicht und Sirene fragte Heike sich, ob sie etwas Entscheidendes übersehen hatte.

Der Attentäter musste ihnen vom Polizeipräsidium aus gefolgt sein, eine andere Erklärung konnte es nicht geben. Doch sowohl sie als auch Ben hatten damit gerechnet, dass die selbsternannten Rächer noch nicht aufgegeben hatten. Deshalb waren sie sehr aufmerksam gewesen und hatten sich mehrfach vergewissert, nicht verfolgt zu werden.

Trotzdem war der Anschlag zumindest teilweise gelungen. Und dafür konnte es nur eine Erklärung geben.

Hier waren Profis am Werk.

Heike wettete mit sich selbst, dass der SUV mit den getönten Scheiben gestohlen worden war. Und das Fahrzeuginnere würde später garantiert so perfekt gereinigt werden, dass sich keine DNA-Rückstände nachweisen ließen.

Die Angreifer am Dammtor-Bahnhof waren nach Melanies Schilderungen zu urteilen Amateure gewesen. Selbstgerechte Wutbürger, die ihren Hass auf einen Serienkiller an dessen Frau und Kind auslassen wollten.

Aber diese zweite Attacke vor wenigen Minuten besaß eine andere Qualität. Es war mehr oder weniger Zufall, dass Heike und Janina Schaper noch lebten. Darüber machte die Hauptkommissarin sich keine Illusionen.

Und Rabea?

Würde das Kind durchkommen?

Heike hoffte es sehr. In der Notaufnahme wurde die Kleine sofort in einen Operationssaal geschoben. Janina Schapers Schockstarre war gelöst, nun flossen bei ihr die Tränen.

„Wir haben doch niemandem etwas getan … Warum meine Tochter?", brachte sie zwischen einigen Schluchzern hervor. Heike legte den Arm um ihre Schultern und redete ihr gut zu. In Gedanken war sie bei Ben. Ob es ihm gelungen war, den oder die Attentäter zu stellen? Dank der sofortigen Nahbereichsfahndung würde er garantiert Verstärkung durch Kollegen bekommen haben.

Als Janina Schaper sich halbwegs beruhigt hatte, ging Heike zum Telefonieren nach draußen.

Ben nahm das Gespräch schon nach dem zweiten Klingeln an.

„Der Dreckskerl ist mir entwischt!", sagte er statt einer Begrüßung.

„Du hast gewiss alles getan, was möglich war", erwiderte die Hauptkommissarin. Was sollte sie auch sonst sagen?

„Der Täter ist entweder ein Kamikaze-Fahrer oder er war mit dem Teufel im Bunde, Heike. Er fuhr an der Ecke Hoheluftchaussee und Lehmweg über eine rote Ampel. Es war pures Glück für ihn, dass er keinen Unfall gebaut hat. Ich hatte Blaulicht und Sirene eingeschaltet, es hat aber nichts genützt. Ich verlor ein paar Sekunden, die dann den Ausschlag gaben. Obwohl ich Unterstützung durch zwei Streifenwagen bekam, konnten wir den SUV nicht wiederfinden. – Was ist mit dem Kind geschehen?"

Heike konnte an Bens Tonfall hören, dass er die Frage nur widerwillig stellte. Doch er musste sich Gewissheit verschaffen, denn offenbar ließ ihn Rabeas Schicksal nicht kalt. Und das ging der Hauptkommissarin selbst natürlich genauso.

„Ich weiß es noch nicht", erwiderte sie wahrheitsgemäß. „Wir befinden uns momentan im Wartebereich der Notaufnahme. Ich muss auch gleich wieder hinein, ich will Janina Schaper nicht so lange alleinlassen."

„Ja, womöglich versucht sie abzuhauen."
Heike war empört.
„Meinst du das ernst, Ben? Glaubst du, dass sie flieht, während ihre Tochter auf dem Operationstisch um ihr Leben kämpft? Ich frage mich wirklich, weshalb du so eine Abneigung gegen diese Frau hast. Noch einmal zum Mitschreiben: Janina Schaper ist nicht Maja Wilken!"
Für einen Moment herrschte Stille, dann meldete Ben sich wieder. Seine Stimme klang metallisch-hart.
„Wir reden weiter, sobald du dich beruhigt hast. Tschüss."
Und bevor die Hauptkommissarin etwas entgegnen konnte, hatte er das Telefonat beendet. Heike eilte zu der Mutter des Kindes zurück, die immer noch wie ein Häufchen Elend auf der Bank saß. Der Gedanke, dass sie an den Bluttaten ihres Ehemannes beteiligt gewesen war, erschien absurd.

Oder?

Der Mordanschlag auf die beiden Frauen und das Mädchen war allerdings noch lange kein Beweis für Janina Schapers Unschuld. Die Hauptkommissarin musste sich selbstkritisch eingestehen, dass sie genauso voreingenommen war wie ihr Dienstpartner.

Während Ben dieser Frau offenbar jede Schlechtigkeit der Welt zutraute, begann Heike Sympathien für sie zu empfinden. Sie setzte sich neben die Gattin des Killers und nahm ihre Hand.

„Hast du … Pardon, haben Sie schon etwas Neues gehört?"
Janina Schaper drehte den Kopf und schaute die Hauptkommissarin mit rotgeweinten Augen an.
„Meinetwegen können wir ruhig beim Du bleiben. – Nein, es ist wohl noch zu früh. Ich hoffe, das ist ein gutes Zeichen. Sie würden es mir doch sagen, wenn Rabea, … wenn sie …"
Die Mutter des Kindes verbarg ihr Gesicht in den Händen.
„Ja, das würden sie", erwiderte Heike mit rauer Stimme. Sie musste selbst mit den Tränen kämpfen. Auch nach so vielen Jahren im Job war sie immer noch nicht abgestumpft, was

einerseits ein gutes Zeichen war. Andererseits konnte es eine Kriminalistin auch innerlich zerstören, wenn sie ihre Fälle gefühlsmäßig zu stark an sich herankommen ließ.

Die beiden Frauen saßen schweigend nebeneinander. Nach einer Zeit, die Heike wie eine halbe Ewigkeit erschien, trat ein übermüdet wirkender Arzt auf sie zu. Er kannte die Hauptkommissarin von früheren Einsätzen und hatte offensichtlich verstanden, dass sie gemeinsam mit der Mutter das Mädchen in die Notaufnahme begleitet hatte.

„Rabea ist außer Lebensgefahr", begann er. „Sie schläft jetzt. Das Kind hat eine schwere Gehirnerschütterung und eine Fraktur des linken Unterschenkels erlitten. Das Fahrzeug hat es nur gestreift, bei einer richtigen Kollision hätte der Unfall anders ausgehen können. Es bestehen gute Chancen, dass Rabeas Gesundheit wieder vollständig hergestellt wird. Sie braucht jetzt allerdings absolute Ruhe."

Janina Schaper faltete die Hände, vielleicht zu einem stillen Dankesgebet. Dann fragte sie: „D-darf ich sie sehen?"

„Ja, aber wecken Sie Ihre Tochter bitte nicht auf."

Heike nickte ihr zu.

„Ich warte hier auf dich."

Während die Mutter dem Arzt zu dem Krankenzimmer folgte, ging die Hauptkommissarin wieder zum Telefonieren hinaus. Sie veranlasste Polizeischutz für das Mädchen. Man musste damit rechnen, dass die Kleine noch nicht einmal im Krankenhaus vor finsteren Fanatikern sicher war.

Wenig später trafen die uniformierten Kollegen ein. Heike besprach die Lage mit ihnen und mit dem Stationspersonal. Die beiden Polizisten postierten sich vor dem Krankenzimmer. Das bekam natürlich auch Janina Schaper mit, als sie widerstrebend den Raum verließ. Sie lächelte Heike scheu an.

„Ich bin wirklich sehr dankbar dafür, dass du so gut für den Schutz meiner Tochter sorgst."

„Es ist das Mindeste, was wir tun können", antwortete Heike, während sie gemeinsam mit der Frau des Killers nach draußen ging. „Mitternacht ist zwar schon vorbei, doch du solltest versuchen, noch ein paar Stunden Schlaf oder Ruhe zu bekommen. Zu deiner Kusine wirst du allerdings nicht zurückkehren können, denn diese Adresse ist diesen Dreckskerlen nun bekannt."

„Vielleicht könnte ich in ein Hotel gehen", meinte Janina Schaper.

Heike schüttelte den Kopf.

„Komm lieber mit zu mir, falls es dir nichts ausmacht, auf einem Sofa zu schlafen. Dann kann ich jedenfalls besser auf dich achtgeben."

„Ja, das würde ich sehr gern tun!"

Die beiden Frauen nahmen ein Taxi. Wegen einer Baustelle konnte der Benz nicht direkt vor Heikes Wohnhaus in der Isestraße halten, sondern musste ein paar hundert Meter weit entfernt an die Bordsteinkante fahren. Die Hauptkommissarin hatte sich wieder sorgfältig vergewissert, dass der Wagen nicht verfolgt wurde. Ihr war nichts aufgefallen. Nachdem sie den Fahrer bezahlt hatte, brach plötzlich ein heftiger Starkregen aus.

Heike und Janina Schaper liefen zu dem restaurierten Jugendstil-Haus, in dem sich Heikes Mietwohnung befand. Obwohl es sich nur um eine kurze Strecke handelte, wurden sie beide bis auf die Haut nass.

„So ein Mist!", meinte Heikes Besucherin. „Der passende Abschluss eines alptraumhaften Tages!"

Sie waren die Treppenstufen hochgestiegen. Die Hauptkommissarin schloss ihre Wohnungstür auf und schaltete das Licht ein.

„Ich hole dir ein Frotteetuch und einen Schlafanzug von mir, wir haben ja in etwa dieselbe Kleidergröße", sagte sie. „Deine Sachen stopfen wir in den Trockner, dann müssten sie morgen früh wieder in Ordnung sein."

Janina Schaper nickte. Sie ging ins Wohnzimmer, wobei sie eine Wasserspur hinterließ. Dann zog sie Jacke, Pulli und Jeans aus, bis sie schließlich in Unterwäsche dastand.

Heike kam mit einem Handtuch und einem Pyjama aus dem Schlafzimmer.

„Gibst du mir deine Klamotten, Janina? Ich stelle gleich den Trockner an."

Die Frau des Killers reichte der Hauptkommissarin die nassen Sachen. Heike griff sich die Jeans an den Hosenbeinen. Ein Schlüssel fiel heraus.

Die Hauptkommissarin zuckte zusammen. Es war ein Schlüssel von der Art, die zu dem Sicherheitsschloss des „Hobbyraums" passte.

Im nächsten Moment bekam sie einen Schlag auf den Hinterkopf und verlor das Bewusstsein.

12

„Da hat uns jemand ins Handwerk gepfuscht!"

Diesen Satz stieß Mathis aus, als er wenige Stunden zuvor gemeinsam mit Adrian in seinem Toyota Corolla hockte. Sie waren dem Polizei-Dienstwagen unauffällig nach Lokstedt gefolgt.

Adrian hätte schwören können, dass sie nicht bemerkt worden waren. Sie saßen in dem geparkten Auto, nur einen Steinwurf weit vom Geschehen entfernt. Und nun mussten sie mit ohnmächtiger Wut mit ansehen, wie ein wildfremder SUV auf die Frauen und das Kind zuraste und die Tochter verletzte oder tötete.

Der zivile Polizeiwagen nahm die Verfolgung auf, während die Polizistin und Janina Schaper sich um die Tochter kümmerten.

„Wir könnten die Gelegenheit nutzen und Nägel mit Köpfen machen", schlug Mathis vor. „Die Polizistin wird bewaffnet sein, aber gegen zwei Ninja-Kämpfer hat sie keine Chance. Und das Kind ist vielleicht sowieso schon tot."

Adrian musste sich auf die Zunge beißen, um keine scharfe Antwort zu geben. Mit erzwungener Ruhe sagte er: „Du weißt, dass ich nichts davon halte, die Tochter umzubringen. Wenn jemand anders das getan hat, ist es nicht unsere Schuld. Und Janina Schaper muss sterben, da sind wir uns einig. Doch was ist mit der Polizistin? Sie trägt keine Verantwortung für die Bluttaten des Killers. Und jetzt erzähl mir nichts über Kollateralschäden."

Es dauerte einen Moment, bis Mathis antwortete.

„Ich verstehe dich, Bruder. Und ich will deine Entscheidung nicht beeinflussen. Das hier ist dein Kampf, ich bin nur dein treuer Weggefährte."

Adrian hatte ein seltsames Gefühl in der Magengrube. Mathis kam ihm immer merkwürdiger vor. Obwohl er sich eingestehen musste, dass sein Rachefeldzug ohne seinen Ninja-Kumpel sehr schwierig geworden wäre. Er selbst besaß ja noch nicht einmal ein Auto. Natürlich hätte Adrian sich einen Wagen mieten können, aber dadurch wären die Dinge nur komplizierter geworden. Außerdem konnte es nichts schaden, wenn ihm jemand den Rücken freihielt.

Saskias Freund schüttelte den Kopf.

„Nein, wir bringen keine Polizeibeamtin um. Wir warten. Früher oder später erwischen wir die Frau des Killers allein."

Mathis warf ihm einen skeptischen Blick zu, sagte aber nichts. Schweigend beobachteten sie, wie das Kind von einem Arzt untersucht und in einem Krankenwagen weggeschafft wurde. Mathis nahm die Verfolgung auf, wobei er sich sehr geschickt anstellte. Adrian hätte nicht sagen können, ob ihm selbst das genauso gut gelungen wäre.

Auf dem Klinikparkplatz mussten sie ebenfalls wieder lange warten. Es war Adrian nur recht, dass sein Kumpel sich nicht als Plaudertasche versuchte. Mathis war am besten zu ertragen, wenn er die Klappe hielt. Sein asketischer Lebensstil war nicht jedermanns Sache. Aber Adrian hielt ihm zugute, dass er wenigstens keine Missionierungsversuche unternahm.

Er versuchte krampfhaft, nicht an Saskia zu denken, damit er von seiner Trauer nicht überwältigt wurde. Nach einiger Zeit gelang es ihm zu meditieren, wodurch er etwas ruhiger wurde.

Später traf ein Streifenwagen ein, und kurz darauf fuhren die Polizistin und die Frau des Killers in einem Taxi davon.

„Wir müssen das Problem mit der Beamtin lösen, sonst

kommen wir niemals an Janina Schaper heran", gab Mathis zu bedenken. „Vielleicht können wir sie einfach überwältigen, fesseln und knebeln. Sie muss ja nicht zwangsläufig sterben."

„Lass uns erst einmal abwarten, wohin die Fahrt geht", erwiderte Adrian ausweichend.

Das Taxi brachte die Frauen nach Eppendorf, wo sie von einem Platzregen überrascht wurden. Sie rannten in ein Haus und wenig später ging in einer Wohnung das Licht an.

„Jetzt sieht die Lage doch schon viel besser aus", murmelte Mathis. Es war, als ob er Selbstgespräche führen würde. „Uns Ninjas sollte es nicht schwerfallen, an der Fassade hochzuklettern. Wenn wir Glück haben, schläft die Polizistin schon. Ich vermute, es ist ihre Wohnung. Wir können sie überwältigen, ganz gewaltlos. Und dann nehmen wir uns die Killer-Komplizin vor."

„Lass uns noch etwas abwarten", bat Adrian. Dieser Entschluss erwies sich als richtig. Denn wenig später verließ Janina Schaper das Haus wieder. Sie war allein, und sie trug andere Kleidung. Nun hatte sie eine schwarze Jeans, ein auberginefarbenes Sweatshirt und eine braune Wildlederjacke an.

Sie musste telefonisch ein Taxi bestellt haben, denn einige Minuten später kam bereits ein Mercedes langsam herangefahren und hielt vor dem Haus. Die Isestraße war eine ruhige Wohnstraße, nach Mitternacht kam hier wohl kein Taxi zufällig vorbei.

„Sehr gut", freute Mathis sich. „Die Mörderin ist allein, das vereinfacht alles. Ich bin gespannt, wohin sie uns führt."

Adrian nickte nur.

Die beiden Ninjas hängten sich an das davonfahrende Taxi.

13

Heike riss die Augen auf und stellte fest, dass sie auf dem Teppichboden in ihrem Wohnzimmer lag. Als sie aufzustehen versuchte, wurde ihr schwindlig. Trotzdem war die Erinnerung sofort wieder da. Diese verflixte Janina Schaper hatte sie niedergeschlagen! Die Hauptkommissarin atmete einige Male tief durch, tastete vorsichtig über ihren Hinterkopf. Er schmerzte immer noch, aber es war auszuhalten. Sie klammerte sich an einer Sessellehne fest und schaffte es schließlich aufzustehen.

Ob ihre verbrecherische Besucherin noch da war?

Heike konnte es sich nicht vorstellen, aber sie musste sich vergewissern. Während sie einen Fuß vor den anderen setzte, kam ihr Kreislauf allmählich wieder in Gang. Sie schaute auf die Uhr und stellte fest, dass sie nicht länger als zwanzig Minuten bewusstlos gewesen sein konnte.

Im Schlafzimmer stand der Kleiderschrank offen.

Janina Schaper hatte sich offenbar an Heikes Garderobe bedient, um mit trockener Kleidung fliehen zu können. Das Bargeld war ebenfalls fort.

Und, schlimmer noch, Heikes Dienstwaffe!

Sie hätte die Pistole eigentlich nicht mit nach Hause nehmen dürfen, sondern im Präsidium einschließen müssen. Das hatte Heike nicht getan, weil sie vom Krankenhaus aus direkt heimgefahren war.

Die Hauptkommissarin griff zum Smartphone und veranlasste eine Fahndung nach der Flüchtigen.

„Die Frau ist vermutlich in mehrere Mordfälle verwickelt, außerdem führt sie momentan eine geladene Pistole mit sich", sagte sie zum Schluss mit metallisch klingender Stimme zu dem Kollegen in der Alarmzentrale. Dann beendete sie das Gespräch.

An Schlaf war jetzt nicht zu denken.

Heike musste dringend mit jemandem reden, der sie verstehen würde. Und da fiel ihr nur eine Person ein.

Ben nahm das Telefonat schon nach dem dritten Klingeln an. Natürlich hatte er Heikes Nummer erkannt.

„Ist etwas passiert?"

Seine Stimme klang besorgt.

„Allerdings", stieß die Hauptkommissarin hervor. „Ich habe richtig Mist gebaut und mich nach Strich und Faden einwickeln lassen."

Sie gab ihm eine Kurzversion der Ereignisse.

„Ich komme sofort zu dir!", kündigte Ben an.

Und bevor sie protestieren konnte, hatte er das Gespräch beendet.

Es würde einige Zeit dauern, bis er von seinem Haus am Stadtrand aus zu Heikes Wohnung in Eppendorf gelangen konnte. Ihr blieb also genügend Zeit, sich umzuziehen und Tee zu kochen.

Heike hatte immer noch ihre nach dem Regenguss feuchten Kleider an. Während sie sich auszog und trocken frottierte, dachte sie über die Frau des Killers nach.

Warum war sie so felsenfest davon überzeugt gewesen, dass Janina Schaper unschuldig war? Es wäre ja nicht das erste Mal, dass ein Serienmörder eine Komplizin hatte. Heike musste nur an den „Fleetenkiller" Plessner denken, der mit seiner eigenen Tochter ein unheimliches Verbrecher-Duo gebildet hatte.

Zumindest für die Morde an Saskia Rottmann und Nadine Tespe hatte Janina Schaper ein Alibi, denn da war sie ja mit ihrer Tochter bei der Mutter-Kind-Kur gewesen.

Oder?

Zweifelsfrei bestätigt worden waren diese Angaben noch nicht. Doch selbst wenn die Ehefrau des Killers bei diesen Bluttaten nicht mitgemacht hatte, so war sie zumindest an den vorigen Verbrechen beteiligt gewesen. Aus welchem anderen Grund hätte sie Heike niederschlagen sollen? Würde sie jetzt versuchen, Spuren zu verwischen und Leichen noch besser zu beseitigen?

Heike zerbrach sich über diese Fragen den Kopf. Irgendwann klingelte es an der Wohnungstür. Ben sah besorgt aus.

„Wie geht es dir? Soll ich dich ins Krankenhaus fahren, Heike?"

„Nicht nötig, ich habe ja noch nicht mal eine Platzwunde." Sie machte eine kurze Pause, bevor sie weitersprach. „Aber es ist gut, dass du hier bist."

Darauf erwiderte der Hauptkommissar nichts. Er folgte Heike in die Küche, wo sie inzwischen den Tee aufgegossen hatte. Sie füllte zwei Becher mit der heißen Flüssigkeit. Ben schaute schweigend in sein Gefäß, als ob es dort etwas Interessantes zu sehen gäbe.

„Sag es ruhig", ermunterte sie ihn.

„Was denn?"

„Zum Beispiel: ‚Jetzt hast du schmerzhaft gemerkt, dass ich Janina Schaper richtig eingeschätzt habe. Sie ist eine falsche Schlange und hat ihrem Mann bei den Morden geholfen, vielleicht sogar selbst junge Frauen umgebracht.' – Und jetzt rennt diese Furie mit meiner Dienstwaffe durch die Gegend! Kannst du dir vorstellen, was ich morgen von der Chefin zu hören bekomme? Ich habe ihr eine Steilvorlage geliefert, um mich endgültig auf den Mond zu schießen."

„So einfach geht das nicht", widersprach Ben. „Und ob du es glaubst oder nicht: Ich wünschte mir, dass ich mich in diesem Fall geirrt hätte."

„Ach wirklich?" Heike war skeptisch. „Und wieso?"

„Weil ich nicht will, dass dich jemand verletzt."

Bens Worte rührten Heike, zumal er sie dabei mit einem

ernsten Blick anschaute. Sie umrundete den Tisch, setzte sich auf seinen Schoß und drückte ihn an sich.

„Was ist das nur mit uns?", flüsterte sie.

Bens Stimme klang gedämpft durch die Wolle ihres Pullovers.

„Ja, wir können nicht miteinander und nicht ohne einander."

Da konnte Heike nicht widersprechen. Doch für den Moment schloss sie einfach nur die Augen und genoss es, seine Nähe zu spüren.

Und sie war sicher, dass Ben bis zum Morgen bei ihr bleiben würde.

14

Vitas war ein Gangster vom alten Schlag. Er verfügte über einen reichen Erfahrungsschatz als Berufsverbrecher. Schon im Baltikum hatte er von Schutzgelderpressung über Zuhälterei bis zu Raubüberfällen und Körperverletzung auf Bestellung alle Aufgaben zur Zufriedenheit seiner Bosse erledigt. Er hatte auch in den gefährlichsten Situationen seinen Mann gestanden.

Und darum war es für ihn nur schwer zu ertragen, dass er sich von Andris' deutscher Freundin wie ein Schuljunge abkanzeln lassen musste.

„Du bist sogar zu doof, um eine Polizistin zu überfahren!", warf diese verfluchte Maja ihm nun bestimmt schon zum vierten Mal an den Kopf.

Vitas war in den schleswig-holsteinischen Stripclub zurückgekehrt, nachdem er den geklauten SUV entsorgt und in seinen eigenen Wagen umgestiegen war. Er wusste selbst, dass er den Job nicht gut gemacht hatte. Das musste man ihm nicht immer wieder aufs Butterbrot schmieren.

Vitas fand es sowieso sinnlos, einen Polizisten oder eine Polizistin zu töten. Das brachte nur Ärger ein. Entweder man bestach diese Uniformträger oder man fand Mittel und Wege, die Geschäfte unauffällig zu erledigen. Durch den Mord an einer Kriminalkommissarin forderte man nach Vitas' Meinung das Schicksal geradezu heraus.

Doch er war ein Mann der alten Schule. Wenn sein Boss Andris ihm einen Befehl erteilte, wurde dieser nicht in Frage gestellt. Noch nicht einmal dann, wenn diese Schlampe Maja Andris den Floh ins Ohr gesetzt hatte.

Vitas verschränkte die Arme vor der Brust und starrte das attraktive Biest wütend an. Aber er sagte nichts zu seiner Verteidigung.

Maja machte eine theatralische Geste in Richtung ihres Liebhabers.

„Sag doch auch mal was, Andris! Angeblich ist Vitas dein bester Gefolgsmann. Da möchte ich nicht wissen, wie die anderen sind!"

Vitas hätte Andris am liebsten gefragt, ob neuerdings in der Organisation die Frauen die Hosen tragen würden. Doch da Selbstbeherrschung zu seinen wenigen Tugenden gehörte, blieb er stumm wie ein Fisch.

Obwohl der Hass in seinem Inneren wie ein verzehrendes Höllenfeuer loderte.

Als Andris den Mund öffnete, schwang in seinen Worten nur ein milder Tadel mit.

„Ich hatte dich gebeten, den Mord wie einen Unfall aussehen zu lassen. Wenn du mit Höchstgeschwindigkeit durch eine stille Straße rast, werden die Bullen eher einen gezielten Angriff vermuten."

„Das weiß ich", erwiderte Vitas. „Aber die Bullen waren schon wegen irgendwelcher Spinner alarmiert, die sich am Bahnhof auf die Frau und das Kind gestürzt haben. Das kriegte ich über Polizeifunk mit. Und da dachte ich …"

Maja unterbrach Vitas mit einem hysterischen Lachen.

„Du *dachtest*, Vitas? Du glaubst, *denken* zu können? Vielleicht war das der entscheidende Fehler!"

Der glatzköpfige Gangster ballte seine Fäuste so stark, dass die Knöchel weiß hervortraten. Und er biss seine Zähne hart aufeinander. Andris schien zu wittern, dass Maja den Bogen schon bald überspannen würde.

Er beschwichtigte: „Du wolltest die Schuld auf diese Irren abwälzen, das haben wir jetzt kapiert. Das wäre okay gewesen, wenn es geklappt hätte. Aber Heike Stein lebt, und deshalb stehen wir wieder ganz am Anfang."

„Nein!", widersprach Maja vehement. „*Wir* stehen nirgendwo! Anscheinend bin ich hier die Einzige, die erkennt, wie gefährlich diese falsche Polizei-Schlange für uns werden kann. Und deshalb kümmere ich mich höchstpersönlich um Heike. Du musst mir nur eine Waffe geben, Andris, mehr verlange ich gar nicht von dir."

„Werde ich noch gebraucht?", stieß Vitas hervor.

Maja wandte sich ihm zu und wedelte mit der Hand, als ob sie eine lästige Fliege verscheuchen wollte.

„Verschwinde, du bist sowieso zu nichts nutze!", keifte sie.

„Du kannst gehen", fügte Andris mit einem begütigenden Unterton hinzu. Vitas erwiderte nichts, sondern drehte sich um und schloss die Tür leise von außen. In seinen Augen war Andris nichts weiter als ein jämmerlicher Pantoffelheld, der sich neuerdings von dieser Deutschen alles gefallen ließ.

Früher war Andris noch ein richtiger Mann gewesen, den Vitas respektieren konnte. Damit war es vorbei. Andererseits wäre es Vitas niemals in den Sinn gekommen, die Befehlskette der Organisation in Frage zu stellen.

Trotzdem konnte es nichts schaden, die Oberbosse davon zu informieren, was hier vor sich ging. Sie glaubten vielleicht immer noch, dass Andris in Hamburg und Umgebung die Geschäfte führte.

Und nicht eine durchgeknallte Ex-Polizistenfrau, die sich für eine ausgekochte Gangsterbraut hielt.

Vitas stapfte davon.

Er beschloss, ein paar Nutten zu verprügeln.

Und bei jedem Fausthieb würde er an Maja denken.

15

Am nächsten Morgen war Janina Schaper immer noch auf der Flucht.

Inzwischen war natürlich auch Dr. Laura Brink über den Stand der Dinge unterrichtet. Sie machte bei der Morgenbesprechung der Sonderkommission Mord ein großes Fass auf, wie Heike es schon vermutet hatte.

„Guten Morgen, meine Damen und Herren. Die wichtigste Information vorab: Frau Stein hat in der vorigen Nacht die Mordverdächtige Janina Schaper entkommen und sich dabei ihre Dienstwaffe abnehmen lassen …"

Ben fiel der Kriminalrätin ins Wort.

„Gestern Abend war Janina Schaper nach allgemeiner Einschätzung noch nicht mordverdächtig, sondern wäre vielmehr fast selbst Opfer einer Fahrzeugattacke geworden. Meine Dienstpartnerin konnte nicht ahnen, dass sie sich als eine Verbrecherin erweisen würde."

Frau Dr. Brink kräuselte süffisant die Lippen.

„Es ist bezeichnend genug, dass ein schweigsamer Mann wie Sie für Frau Stein Partei ergreift. Könnte diese Tatsache mit Ihrer gemeinsamen Ankunft im Präsidium zusammenhängen? Das ist mir nämlich nicht entgangen."

„Ich brauche keinen Fürsprecher", stellte Heike gereizt klar. „Und ich übernehme selbstverständlich die Verantwortung für meinen Fehler. Janina Schaper hat es perfekt verstanden, sich selbst als unschuldiges Opfer und ahnungslose Familienangehörige eines Killers zu inszenieren."

Nun begann Melanie Russ zu sprechen.

„Herr Koslowski und ich haben gestern in der Au-Pair-Agentur einen Hinweis auf eine Tatbeteiligung durch die Ehefrau entdeckt. In der Akte einer als vermisst gemeldeten jungen Französin namens Marie Deschamps fehlte das Porträtfoto. Wir vermuten, dass Janina Schaper es mit nach Hause genommen hat."

Der Kommissar aus Dortmund ergänzte: „Als die junge Französin vor einem halben Jahr als vermisst gemeldet wurde, haben unsere Kollegen die Ermittlungen aufgenommen. Allerdings führten sie zu keinem Ergebnis. Ich habe gerade eben noch mit der Abteilung für vermisste Personen gesprochen. Vor sechs Monaten wurde ein Persönlichkeitsprofil von Marie Deschamps erstellt, wozu auch ihre intensivsten Kontakte in den sozialen Medien beitrugen. Die Namen dieser Mädchen sind aktenkundig. Und wir haben herausgefunden, dass acht von ihnen ebenfalls spurlos verschwunden sind."

Für einen Moment herrschte Stille in dem Besprechungsraum. Dann wandte die Chefin sich an Koslowski.

„Und diese acht jungen Frauen waren keine Au-Pair-Mädchen?"

Er blickte in seine Unterlagen, bevor er antwortete.

„Eine von ihnen schon, allerdings bei einer anderen Agentur. Doch die übrigen vermissten Personen machten eine Berufsausbildung, gingen noch zur Schule oder studierten bereits. Sie lebten alle in Hamburg und Umgebung, offenbar kannten sie einander nur über die sozialen Medien."

„Dort haben also die Eheleute Schaper ihre Opfer gefunden", stellte Heike fest.

Die Kriminalrätin widmete sich nun wieder ganz der Hauptkommissarin. Sie schien für einige Momente vergessen zu haben, dass sie Heike wegen der zurückliegenden Ereignisse vorführen konnte. Das wollte sie nun nachholen.

„Gibt es Hinweise, wohin sich die Verdächtige nach dem Besuch in Ihrer Wohnung gewendet haben könnte, Frau Stein? Sie dürfte sich zu Fuß oder per Taxi entfernt haben.

Oder haben Sie sich außer Ihrer Pistole auch noch Ihr Fahrrad klauen lassen?"

„Nein, mein Fahrrad stand auf seinem Platz", gab die Hauptkommissarin mit erzwungener Ruhe zurück. „Janina Schaper hat das Bargeld aus meinem Portemonnaie entwendet und außerdem meine Haushaltskasse geplündert. Insgesamt waren das ungefähr hundertfünfzig Euro."

„Damit wird sie nicht weit kommen", stellte Ben fest. „Wir starten einen Rundruf über die Hamburger Taxizentralen. Es wird sich schnell herausstellen, welcher Fahrer nach Mitternacht eine Tour in der Isestraße angenommen hat."

„Sollen Herr Koslowski und ich an der Spur mit den vermissten jungen Frauen dranbleiben?", wollte Melanie wissen.

Frau Dr. Brink nickte.

„Ja, tun Sie das. Womöglich versucht die Täterin, Hinweise auf weitere Morde nachträglich zu verschleiern. Solange die Leichen nicht gefunden wurden, sind wir sowieso auf Vermutungen angewiesen. Ich würde es begrüßen, wenn wir in diesem Fall mehr Fakten hätten. Ich werde veranlassen, dass der Garten des Familienhauses umgegraben wird. Es würde mich nicht wundern, wenn dort die eine oder andere Tote vergraben liegt. Und was ist mit unbebauten Grundstücken, auf die Dennis oder Janina Schaper Zugriff hatten? Da liegt einiges an Arbeit vor Ihnen."

Die Chefin sprach nun wieder Heike an.

„Obwohl Ihre Nachlässigkeit einen Schatten auf den Ruf der Sonderkommission Mord wirft, kann ich momentan keine Ermittlerin und keinen Ermittler entbehren. Trotzdem erwarte ich von Ihnen einen Bericht für die interne Abteilung, aber das erledigen Sie gefälligst nach Feierabend. – Sie und Herr Wilken werden Schaper in der Untersuchungshaft noch einen Besuch abstatten. Vielleicht verrät er absichtlich oder versehentlich, wo sich die weiteren Opfer und seine Frau befinden könnten. Und lassen Sie sich eine neue Dienstwaffe aushändigen, Frau Stein."

„Selbstverständlich", erwiderte Heike mit belegter Stimme. Immerhin hatte die Kriminalrätin es nicht geschafft, sie zum Weinen zu bringen. Das war ihrem Amtsvorgänger durchaus gelegentlich gelungen.

„Ich hoffe, dass Sie die neue Pistole nicht gleich wieder verlieren", fügte Dr. Laura Brink hinzu.

16

Einige Stunden zuvor verfolgten die beiden Ninjas das Taxi, in dem Janina Schaper mit unbekanntem Ziel aufgebrochen war.

„Wir dürfen diese Frau auf keinen Fall unterschätzen", murmelte Adrian. „Sie muss es geschafft haben, die Polizistin zu töten oder zu überwältigen."

„Natürlich müssen wir sie für voll nehmen", stimmte Mathis zu. „Sie trägt die Mitschuld am Tod deiner Freundin."

Die Beschattung verlief wieder genauso routiniert wie zuvor. Allerdings wurde die Verfolgung dadurch erschwert, dass so spät in der Nacht in den Außenbezirken Hamburgs kaum noch Straßenverkehr herrschte. Gewiss, Durchgangsrouten wie die Kieler Straße waren stets stark frequentiert. Von der Vergnügungsmeile Reeperbahn ganz zu schweigen.

Deshalb ließ Mathis den Toyota Corolla gelegentlich so weit zurückfallen, dass sie kaum noch die Bremsleuchten des Taxis erkennen konnten.

„Das Biest verlässt die Stadt", stellte Adrian fest. Er wollte nicht mit Mathis über die Gefühle reden, die Saskias Tod in ihm hervorgerufen hatte. Da war nur ein schwarzer Abgrund, auf dessen Boden er das Nichts vermutete. Und Adrian wollte keinesfalls in diesem Schlund verschwinden, bevor er nicht seine selbst auferlegte Mission erfüllt hatte.

Sie fuhren durch Duvenstedt und hatten schon bald die Landesgrenze zu Schleswig-Holstein vor sich. Auf der rechten Seite waren im Scheinwerferlicht die Gehölze des Naherholungsgebiets Oberalster zu erkennen.

„Der Taxler wird sich freuen", meinte Mathis. „Die Rechnung kann sich sehen lassen. Vorausgesetzt, dass die Mörderin nicht sein Leben auslöscht. Dann nützt ihm das Geld auch nichts mehr."

Doch das geschah nicht. Jedenfalls musste Mathis wenig später hinter einer Kurve in die Bremsen steigen und die Scheinwerfer ausschalten, weil das Taxi bei einem einsamen Haus angehalten hatte. Dort brannte kein Licht, was so weit nach Mitternacht verständlich war. Nur wenige Laternen beleuchteten diesen Abschnitt der Landstraße. Um diese Uhrzeit gab es keinen Durchgangsverkehr.

Adrian hörte jedenfalls nur das Geräusch des Taximotors, der im Leerlauf orgelte. Mathis hatte sein eigenes Auto sofort nach dem Anhalten ausgemacht. Janina Schaper bezahlte offenbar den Fahrer, der zurücksetzte und sich dann auf den Rückweg nach Hamburg begab.

„Ich frage mich, ob das Haus bewohnt ist", dachte Adrian laut nach, während er seine Ninja-Maske überstreifte. Mathis folgte seinem Beispiel. Ihre schwarze Kleidung trugen sie ohnehin schon. Ihre Gesichter waren nun verhüllt, abgesehen von dem schmalen Augenschlitz. Man hätte sie nicht mehr voneinander unterscheiden können, zumal sich auch ihr Körperbau ähnelte.

Sie waren jetzt nur noch zwei Schattenkrieger.

Die Gefährten stiegen aus, schlossen fast geräuschlos die Autotüren und huschten auf das Gemäuer zu, in dem die Frau mittlerweile verschwunden war. Das Haus schien wirklich unbewohnt zu sein. Janina Schaper musste entweder einen Schlüssel besitzen oder einen Dietrich benutzt haben.

Adrian zerbrach sich über diese Frage nicht den Kopf. Für ihn war die Tatsache entscheidend, dass seine Feindin nun in der Falle saß. Und sie rechnete nicht mit einem Angriff, Mathis und er würden sie kalt erwischen.

Adrians Kumpel berührte ihn leicht an der Schulter. Sie verständigten sich untereinander mit Gesten, wie sie es im Training gelernt hatten. Mathis deutete an, dass er das Dach erklimmen wollte. Klettern gehörte zu seinen Stärken, mit denen er sich in der Gruppe besonders hervortat.

Es konnte sicher nichts schaden, die Frau von zwei Seiten einzukreisen. Außerdem wussten sie nicht, ob das Haus über einen zweiten Ausgang verfügte. Vom Dach aus würde Mathis einen besseren Überblick haben, sogar bei diesen schlechten Lichtverhältnissen. Seine Sinne waren durch die Ninja-Ausbildung geschärft worden.

Schnell und fast lautlos hangelte er sich wie eine Katze an der Regenrinne hoch. Gleich darauf verschmolz der schwarzgekleidete Schattenkrieger mit der Dunkelheit außerhalb der Laternenlichtkegel.

Sogar Adrian konnte ihn jetzt weder sehen noch hören.

Er packte seine Kampfsichel fester. Das war natürlich in Deutschland eine verbotene Waffe, aber darum kümmerte er sich nicht. Man durfte sich eben nicht erwischen lassen. Der Meister brachte ihnen lediglich bei, wie man sich als Ninja ohne Waffen selbst verteidigte. Doch Adrian hatte sich auf dem Schwarzmarkt ein Buch über traditionelle Ninja-Waffen beschafft, die man im Darknet problemlos bestellen konnte.

Es war, als ob er damals eine düstere Vorahnung gehabt hätte. Nun kamen ihm die Dolche, die Wurfsterne, die Rauchgranaten, Würgedrähte und die als „Bärentatze" bekannten Hakenmesser sehr gelegen.

Außerdem traute Adrian es sich zu, einen Menschen mit bloßen Händen zu töten.

Bei Dennis und Janina Schaper hätte er gewiss keine Hemmungen, diese Fähigkeiten anzuwenden. Allerdings erst, nachdem sie begriffen hatten, weshalb sie sterben mussten.

Während dem Schattenkrieger diese Gedanken durch den Kopf schwirrten, blieb er trotzdem hochkonzentriert. Lautlos pirschte er sich an das Backsteinhaus heran, in dessen Innerem Janina Schapers Taschenlampenleuchte irrlichterte. Adrian konnte nicht durch die Fenster spähen. Es gab zwar keine Fensterläden, doch die Scheiben waren von innen mit Zeitungspapier abgeklebt worden. Wie durch ein Wunder hatte noch niemand das Glas zerstört. Das Haus lag einfach zu weit außerhalb der Hamburger Stadtgrenzen. Adrians geschultes Gehör unterschied nur wenige Geräusche zu dieser sehr frühen Morgenstunde. Aus weiterer Entfernung waren einzelne Fahrzeuge auf der Bundesstraße 432 Richtung Bad Segeberg zu hören. Außerdem knarrten die Bodendielen unter den Schuhen der Mörderin, sie schien etwas zu suchen. Und schließlich vernahm Adrian auch, wie sich Mathis auf dem Dach bewegte. Ein leises Quietschen ertönte. Adrian konnte ein triumphierendes Lächeln nicht unterdrücken. Er konnte sich vorstellen, woher dieser Ton gekommen war.

Sein Gefährte hatte die Dachluke aufgemacht und war durch sie in das Obergeschoss eingedrungen.

Adrian freute sich bereits auf Janina Schapers entsetztes Gesicht, wenn sie schon bald mit zwei bewaffneten Ninjas konfrontiert wurde.

Plötzlich wurde im Inneren des Hauses eine Pistole dreimal schnell hintereinander abgefeuert.

Ein schauriger Schmerzensschrei erklang.

17

Nach der Morgenbesprechung fuhren Heike und Ben zur Untersuchungshaftanstalt am Holstenglacis.

Wenn ein Straftäter in Hamburg rechtskräftig verurteilt worden war, verbüßte er seine Gefängnisstrafe in der JVA Fuhlsbüttel, die von ihren Insassen (und vielen Polizisten) nur *Santa Fu* genannt wurde.

„Wie geht es dir, Heike?"

„Frag mich etwas Leichteres. Immerhin wird die ‚Wikingerkönigin' mich wohl nicht achtkantig rausschmeißen, jedenfalls vorerst nicht."

„Sie kann nicht ihre beste Mordermittlerin feuern", meinte Ben.

„Ja, das sagst *du*! Ich finde es gut, dass du auf meiner Seite bist. Aber wenn ich wegen dieser Geschichte einen Verweis bekomme, dann wird das nicht der erste in meiner Personalakte sein. Wenn ich an diese Mörderin denke, die sich damals in meiner Gegenwart in aller Seelenruhe vergiftet hat … Irgendwie scheine ich kein Händchen für weibliche Straftäter zu haben."

„Unsinn, jeder macht mal einen Fehler", brummte der Hauptkommissar. „Sogar unser ehemaliger Chef hat einen Verweis bekommen, das hast du mir selbst erzählt. Das hinderte ihn aber nicht daran, Kriminalrat zu werden."

„Dein Wort in Gottes Ohr", seufzte Heike. „Es geht mir auch gar nicht um diesen blöden Verweis, damit kann ich leben. Aber die Vorstellung, dass eine mutmaßliche Mörderin oder Mörder-Komplizin mit *meiner Pistole* in der Tasche frei herumläuft, macht mich ganz krank!"

„Schaper muss auspacken", forderte Ben. „Doch so, wie ich diesen Mistkerl kenne, wird er wieder seine Psycho-Spielchen abziehen wollen."

Mit dieser Einschätzung sollte der Hauptkommissar recht behalten, wie sich schon wenig später zeigte. Nachdem die Ermittler sich angemeldet und diverse Sicherheitsschleusen durchlaufen hatten, wurden sie in einen Besucherraum geführt.

Der Serienmörder wartete bereits auf sie.

Schaper strahlte, als ob er alte Freunde vor sich hätte.

Heike schaute sich sein Gesicht genauer an. Sie konnte keine Anzeichen für Misshandlungen feststellen.

Hatte sie sich insgeheim gewünscht, dass der feige Frauentöter von Mitgefangenen unter der Dusche durch die Mangel gedreht worden wäre?

Derartige Fantasien widersprachen Heikes Wertvorstellungen, doch sie war auch nur ein Mensch. Solche Dinge passierten eben in Haftanstalten.

Ihr Mitleid mit Dennis Schaper hätte sich in Grenzen gehalten.

Aber bisher schien ihm niemand auch nur ein Haar gekrümmt zu haben.

„Frau Stein und Herr Wilken, wie geht es Ihnen? Was ist der Grund für diese sorgenvollen Leichenbittermienen? Ein weiterer Mord an einer unschuldigen jungen Frau kann doch wohl nicht geschehen sein, oder? Ich hab jedenfalls ein bombensicheres Alibi."

Schaper breitete die Arme aus, als ob dieser Raum am Holstenglacis zu einer sündhaft teuren Eigentumswohnung in der Hafencity gehören würde, die er soeben gekauft hatte.

„Lassen Sie den Unsinn", schnarrte Heike. „Sagen Sie uns lieber, wo sich Ihre Frau aufhalten könnte."

Der Mörder warf ihr einen verständnislosen Blick zu. Offenbar hatte er noch nicht mitbekommen, dass Janina Schaper mit einer Polizeiwaffe in der Tasche auf der Flucht war. Die Presseabteilung des Präsidiums wollte erst gegen Mittag mit dieser Meldung an die Öffentlichkeit gehen. Und Schaper konnte unmöglich von seiner Frau angerufen worden sein. Er durfte zwar telefonieren, aber nur mit seinem Verteidiger.

„Wie meinen Sie das? Ich dachte, Sie wollten Janina und Rabea vom Bahnhof abholen."

Die Hauptkommissarin seufzte. Es blieb ihr nichts anderes übrig, als Schaper die Ereignisse des vergangenen Tages zu schildern. Dass Janina ihre Dienstwaffe entwendet hatte, ließ sie allerdings weg. Der Mörder interessierte sich sowieso hauptsächlich für den Zustand seiner Tochter. Immerhin schien er zu normalen menschlichen Gefühlen fähig zu sein, wenn auch nicht seinen Opfern gegenüber.

„Wie geht es meiner Kleinen? Warum konnte so etwas überhaupt geschehen? Ist das die Art, wie die Polizei uns Bürger vor Verbrechen schützt?"

Heike und Ben wechselten einen Blick. Sie hätten lachen können, wenn das Thema nicht so ernst gewesen wäre.

„Ist Ihnen bewusst, wie diese Worte aus Ihrem Mund klingen, Schaper? Einer unserer Kollegen wurde verletzt, als er Ihre Frau und Ihre Tochter beschützt hat. Und ich kann Sie beruhigen: Rabea befindet sich nicht in Lebensgefahr. Der Arzt meint, dass sie wieder vollständig genesen wird."

„Sie können mir ja viel erzählen, wenn der Tag lang ist. Ich will zu meiner Tochter!", sagte Schaper. Er strahlte nun voll und ganz die Besorgnis eines liebenden Vaters aus. Doch Heike konnte die Tatsache nicht vergessen, dass er mehrere Menschenleben auf dem Gewissen hatte.

„Daraus wird nichts, und das wissen Sie genau", warf Ben ein.

„Ah, der attraktive Kriminalist bricht sein geheimnisvolles Schweigen!", höhnte Schaper. „Halten Sie eigentlich nur deshalb die Klappe, weil Sie gegen Frau Steins scharfe Zunge sowieso nicht ankommen, Herr Wilken? Hm? Vergessen Sie es, ich will es gar nicht wissen. Und ich werde Sie bei der Suche nach meiner Frau gewiss nicht unterstützen. Es sei denn, Sie lassen mich zu meiner Tochter."

„Wir fragen mal die Eltern von Saskia Rottmann und Nadine Tespe, was sie von der Idee halten", sagte Heike. Der Killer warf ihr einen hasserfüllten Blick zu. Dann schüttelte er langsam und bedächtig den Kopf.

„Ich habe Ihnen nichts zu sagen, ich will zurück in meine Zelle. Momentan lese ich gerade einen Agenten-Thriller aus den Siebzigerjahren. Etwas hausbacken, aber man darf an die Auswahl in der Gefängnisbücherei keine allzu großen Ansprüche stellen."

So leicht wollte Heike Schaper nicht davonkommen lassen.

„Wo haben Sie Ihre früheren Opfer deponiert?", fragte sie.

Der Mörder wich ihrem Blick aus und starrte auf die Wand, als ob es dort etwas Interessantes zu sehen gäbe.

„Hatten Sie außer Ihrer Frau noch weitere Komplizen?", bohrte Heike nach.

Es war sinnlos. Schaper hatte erkannt, dass Schweigen eine sehr mächtige Waffe sein konnte, wenn sie richtig angewandt wurde. Und nach Lage der Dinge hatte er gerade alle Trümpfe in der Hand.

Die Hauptkommissarin beschloss, dass weiteres Ausharren bei dem maulfaulen Serienmörder Zeitverschwendung wäre. Schaper wurde in seine Arrestzelle zurückgeschafft und wenig später verließen die Ermittler den Gebäudekomplex.

„Er ist und bleibt ein Widerling", grollte Ben. „Aber wir müssen damit rechnen, dass er den Aufenthaltsort seiner Frau wirklich nicht kennt. Er wollte auf Zeit spielen, mehr nicht. Wir werden bei den Schapers jeden Stein umdrehen. Mit dem Geld, das sie dir geklaut hat, kommt die Verbrecherin auf ihrer Flucht nicht weit. Nicht ohne fremde Hilfe. Womöglich bleibt sie ja in Hamburg. Was muss man für eine Rabenmutter sein, um sein verletztes Kind in der Notaufnahme zurückzulassen?"

Heike hätte schwören können, dass der letzte Satz auch auf Bens Frau Maja und seine Tochter Pia gemünzt war.

Die Kriminalisten stiegen in den Dienst-BMW.

„Und was wäre, wenn sie keine Rabenmutter ist?"

Ben warf ihr einen verständnislosen Blick zu.

„Wie meinst du das, Heike?"

„Ich habe mich gründlich in Janina Schaper getäuscht. Ich hätte es niemals für möglich gehalten, dass sie mich niederschlägt und mir meine Waffe abnimmt. Und wenn sie nun noch etwas anderes vorhat, das wir ihr nicht zutrauen?"

„Zum Beispiel?"

„Zum Beispiel könnte sie ins Krankenhaus eindringen und ihre Tochter entführen", mutmaßte Heike.

18

Melanie und Koslowski kehrten noch einmal zu der Au-Pair-Agentur zurück. Die Empfangsdame schaute sie so erschrocken an, als ob zwei leibhaftige Dämonen vor ihr stünden.

„Frau Anders ist momentan nicht im Haus, und ich weiß nicht, wann …"

Die Kommissarin schnitt der Mitarbeiterin mit einer knappen Geste das Wort ab.

„Immer mit der Ruhe, wir sind heute nicht wegen Ihrer Chefin hier."

„Vielmehr wollen wir mit Ihnen reden, und zwar über Janina Schaper", ergänzte Koslowski, der inzwischen auf seine Tamponaden verzichten durfte.

„Ich weiß nicht, ob ich …"

Wieder fiel Melanie der Empfangsdame ins Wort.

„Aber *ich weiß*, dass Behinderung der Justiz kein Kavaliersdelikt ist. Oder nennt man das Lady-Delikt, wenn eine Frau es begeht? Egal, Sie wissen, was ich meine. Die Staatsanwaltschaft kennt da kein Pardon, vor allem bei Mordfällen nicht."

„Ich würde Ihnen ja helfen …", jammerte die Mitarbeiterin.

„Das ist doch ein Wort", sagte Koslowski. „Janina Schaper ist ja eine Kollegin von Ihnen. Da werden Sie doch gewiss auch mal ein Privatgespräch miteinander geführt haben, oder?"

Die Angestellte verzog den Mund.

„Na ja, ein paar Worte haben wir schon gewechselt. Janina ist freundlich, aber distanziert. Man weiß nie so genau, was in ihrem Kopf vor sich geht."

Das kann ich mir lebhaft vorstellen, dachte Melanie. Sie sagte: „Uns interessiert vor allem das private Umfeld Ihrer Kollegin. Damit meine ich jetzt nicht ihren Ehemann und ihr Kind, sondern andere Kontakte. Gibt es eine gute Freundin, mit der sie gelegentlich etwas unternommen hat? Oder andere Personen, die sie regelmäßig traf?"

Die Empfangsdame legte die Stirn in Falten. Sie schien nachzudenken. Schließlich schüttelte sie den Kopf.

„Ehrlich gesagt kam mir Janinas Leben ziemlich eintönig vor, alles verlief in geregelten Bahnen. Meistens erzählte sie mir nur etwas von Rabea. Ich kann mich noch daran erinnern, als das Kind eingeschult wurde. Das war wochenlang Thema Nummer eins. Irgendwann konnte ich es nicht mehr hören, aber ich habe nichts gesagt. Vielleicht wird es mir eines Tages auch so gehen, wenn ich mal Nachwuchs bekomme. Im Vergleich zu der Einschulung war die Sache mit der Erbschaft beinahe nebensächlich."

Die Kommissarin horchte auf.

„Was für eine Erbschaft?"

„Ach, Janina hat wohl von einer steinalten Großtante ein Haus geerbt, weil sie die einzige lebende Verwandte war. Sie sagte zu mir, dass dieser Geldsegen zur Unzeit käme, weil sie und ihr Mann doch gerade erst ein paar Jahre zuvor ihr Haus in Poppenbüttel gekauft hätten. Später meinte Janina allerdings, das Erbe wäre sowieso nur eine Bruchbude, die man am besten abreißen sollte."

„Hat sie mal erzählt, wo sich das Haus befindet?", hakte Melanie nach.

„So genau weiß ich das nicht, es muss irgendwo in Duvenstedt oder Wulksfelde sein. Ja, genau! Zur Arbeit in der Agentur kommt Janina immer mit der U-Bahn. Aber sie sagte, dass sie das Auto ihres Mannes nehmen würde, um zu der geerbten Immobilie zu gelangen."

„Wenn das Haus jetzt Janina Schaper gehört, werden wir genauere Informationen vom Grundbuchamt kriegen", stellte Koslowski fest. „Und was ist mit Freundinnen Ihrer Kollegin?"

„Janina hat gelegentlich mal eine gewisse Iris erwähnt, mit der sie zur Schule gegangen ist. Aber die lebt inzwischen in Aachen, soweit ich weiß."

Melanie nickte. Die Spur mit dem geerbten Haus erschien ihr weitaus vielversprechender zu sein. Koslowski teilte diese Ansicht. Das wurde ihr klar, nachdem sie die Agentur verlassen hatten und wieder zum Auto gingen.

„Wenn das Gemäuer in einer einsamen Gegend liegt, konnten die Schapers dort womöglich auch gut die Leichen verschwinden lassen", sagte der aus Dortmund stammende Kommissar.

19

Janina hatte einen sechsten Sinn für Gefahr.
Und deshalb wurde sie das Gefühl nicht los, dass sich eine Schlinge um ihren Hals unerbittlich zusammenzog.
Jemand hatte es auf sie abgesehen, und es konnte nicht die Polizei sein. Die Frau des Killers war sich hundertprozentig sicher, dass ihr niemand gefolgt war. Außerdem wäre es für die Ordnungsmacht kein Problem gewesen, eine Straßensperre zu errichten und sie noch im Taxi zu überrumpeln.
Nein, da lauerten Andere im Dunkeln. Janina richtete den Lichtstrahl ihrer Taschenlampe auf ihre Armbanduhr. Es war das einzige Stück, das sie von ihren eigenen Sachen behalten hatte. Ansonsten steckte ihr Körper komplett in Kleidung von Hauptkommissarin Heike Stein. Sogar bei Socken und Unterwäsche hatte sie sich im Schrank der Polizistin bedient. Diese Tatsache hatte Janina zunächst komisch gefunden, doch inzwischen verging ihr das Lachen.

Von der Polizei musste sie nur eine Verhaftung fürchten.
Doch bei anderen Gegnern würde sie nicht mit dem Leben davonkommen. Wer konnte ihr ans Leder wollen? Da gab es eigentlich nur zwei Möglichkeiten.
Entweder diese selbsternannten Gerechtigkeitsfanatiker, die sie auf dem Dammtor-Bahnhof bereits erfolglos angegangen waren.
Oder Angehörige von toten Frauen.
Janina musste sich jetzt nicht den Kopf darüber zerbrechen,

welche dieser Varianten in Frage kam. Sie verharrte mäuschenstill in dem nach altem Staub und Rattenkot miefenden Gemäuer und lauschte.

Mit wie vielen Feinden sie es wohl zu tun hatte?

Momentan hörte sie nur eine Person. Offenbar war es dem Eindringling gelungen, durch die Dachluke ins Haus zu steigen. Janinas Nackenhaare stellten sich auf. Nun war sie also allein mit einem Menschen, der sie töten wollte.

Jedenfalls ging sie davon aus, dass er sich keine gemütliche Plauderei erhoffte.

Einen Augenblick lang konnte sie erahnen, wie sich ihre Opfer gefühlt haben mussten.

Die jungen Frauen, die von Dennis und ihr selbst getötet worden waren.

Und doch gab es einen ganz entscheidenden Unterschied.

Sie selbst war vorbereitet – und alles andere als wehrlos.

In dem Haus gab es verschiedene Messer und Sägen, auf die Janina zurückgreifen konnte. Aber warum sollte sie nicht die erbeutete Pistole einsetzen?

Sie wusste, wie man schoss. Und sie hatte das Überraschungsmoment auf ihrer Seite, wenn sie es richtig anstellte.

Janina blieb stocksteif stehen und gab keinen Laut von sich. Sie schaltete sogar die Taschenlampe aus, falls jemand auf die Idee kam, ein Fenster einzuschlagen und auf sie zu feuern. Solange sie die Lichtquelle anhatte, stand sie wie auf dem Präsentierteller. Doch jetzt wurde sie wieder von der Finsternis verschluckt. So fühlte sie sich ohnehin am wohlsten. Sie blieb unsichtbar und konnte zuschlagen, wenn es niemand ahnte.

Die Person im ersten Stock bemühte sich redlich darum, keine Geräusche zu verursachen. Aber die Bodendielen waren morsch und brüchig, man hörte sie unter den Schritten leise knarren.

Und dann kam der Moment, in dem sich der Eindringling direkt über ihr befand.

Janina handelte, ohne nachzudenken.

Sie entsicherte die Polizeiwaffe, richtete die Mündung nach oben und feuerte schnell hintereinander drei Schüsse ab.

Ihr Herz machte einen Freudensprung, als sie einen Schrei hörte, der gleich darauf von einem dumpfen Laut gefolgt wurde.

Ihr Feind war zu Boden gegangen, verletzt oder tödlich getroffen.

Janinas Herz raste. Der Pulverdampf stieg ihr in die Nase und wirkte wie eine Droge. Jedenfalls kam es ihr so vor. Sie wollte es nun mit weiteren Gegnern aufnehmen. Die Frau des Killers stürmte nach draußen, die Pistole im Anschlag. Mit ihrem Gegenangriff rechneten diese Bastarde gewiss nicht!

Ihre Taschenlampe hatte sie ausgeschaltet und eingesteckt. Sie wollte kein leichtes Ziel bieten, indem sie damit herumfuchtelte.

Janina wurde nun vom fahlen Licht einer Straßenlaterne beschienen, und das war auch nicht gut. Sie bewegte sich schnell seitwärts, mit dem Rücken zur Hauswand, bis sie die schützende Dunkelheit neben der Fahrbahn erreicht hatte. Einen Steinwurf weit entfernt befand sich ein Gehölz, in dem sie Deckung finden konnte. Sie war sicher, dass ihre Feinde in der unmittelbaren Umgebung lauerten.

„Zeigt euch, ihr Feiglinge!"

Janina hätte sich selbst dafür in den Hintern treten können, dass sie diese Worte ausgestoßen hatte. Es klang, als ob sie Angst hätte und sich selbst Mut machen wollte. Dabei fürchtete sie sich in diesem Moment gar nicht. Die Schüsse hatten sie in einen Blutrausch versetzt. Dieser Angreifer im ersten Stockwerk des Hauses lebte garantiert nicht mehr. Andernfalls würde er jetzt wohl nach seinen Freunden rufen, damit sie ihm halfen. Doch er hatte nur einen einzigen Schrei ausgestoßen.

Seinen Todesschrei.

Janina erinnerte sich daran, wie sie und Dennis diese dummen kleinen Schnepfen in ihre Gewalt gebracht hatten. Diese Hühner hatten um ihr Leben gebettelt, doch es war sinnlos gewesen.

Es war erregend, Herrin über den Tod zu sein. Konnte es eine größere Macht geben?

Doch jetzt gerade machte die Passivität ihrer Widersacher sie nervös.

Warum schossen diese Kerle nicht? Waren sie gar nicht in der Überzahl? Oder wollten sie darauf warten, dass Janina sich eine Blöße gab?

Das würde nicht geschehen.

Ein anschwellendes Geräusch war zu hören. Es stammte von einem LKW-Motor. Das Fahrzeug kam aus Richtung Bad Segeberg und bewegte sich auf Hamburg zu. Janina überlegte, ob sie das Herannahen des Lastwagens für sich nutzen sollte. Ob der Fahrer sie mitnehmen würde, wenn sie seinen Truck zum Halten brachte? Doch was wäre damit gewonnen? Sie *wollte* ja kämpfen und sich ihre Feinde vom Hals schaffen!

Bevor sie sich länger den Kopf zerbrechen konnte, zerschnitten die LKW-Scheinwerfer die Dunkelheit über der Straße. In dem schnell vorbeigleitenden Lichtschein erblickte Janina während Sekundenbruchteilen eine schwarz gekleidete Gestalt, die hinter eine Häuserecke huschte.

Ein Ninja?

Sie kannte diese Schattenkrieger bisher nur aus schlechten Filmen.

Ob er allein war?

Die Frage ließ sich unmöglich beantworten. Janina führte sich vor Augen, dass diese Kämpfer Meister der Tarnung waren. Sie schlugen aus dem Hinterhalt heraus zu, das war ihre Spezialität. Ninjas konnten selbst harmlose Alltagsgegenstände wie Spazierstöcke oder Schnüre in tödliche Waffen verwandeln.

Allerdings wusste Janina nicht, wie gut ihr Widersacher die Kampfkunst beherrschte. Schließlich konnte sich jeder Trottel in eine Ninja-Montur werfen, das besagte noch gar nichts.

Trotzdem – der oder die Ninjas hatten Janina bei ihrer Flucht aus Hamburg verfolgen können, ohne dass sie etwas davon bemerkte. Dabei war sie so sehr darauf bedacht gewesen, von niemandem observiert zu werden. Sie hatte den Taxifahrer darum gebeten, mehrere Umwege zu fahren. Dafür hatte sie das ganze Geld ausgeben müssen, das sie Heike Stein abgenommen hatte.

Ob sie gar keinen Ninja gesehen hatte, sondern einen MEK-Beamten in Kampfmontur? Nein, das ergab keinen Sinn. Wenn die Polizei eine bewaffnete Verbrecherin fangen wollte, rückte sie mit einem Großaufgebot an. Und irgendwo mussten die Einsatzfahrzeuge ja parken. Doch mit dieser Überlegung war Janina auf einen wichtigen Punkt gekommen.

Wie waren die Ninjas hierhergelangt, mitten in die schleswig-holsteinische Einöde?

Der LKW hatte das Haus längst passiert, dem Fahrer waren vermutlich weder Janina noch ihre Feinde aufgefallen. Doch im Scheinwerferlicht hatte Janina ein Auto bemerkt. Es parkte einen Steinwurf weit entfernt am Waldrand direkt neben der Straße.

Ein Rascheln ertönte.

Janina kniff die Augen zusammen. Ob man sie jetzt einkreiste?

Sie konnte außerhalb der Laternenlichtkegel kaum Einzelheiten wahrnehmen. Nun wurde ihr bewusst, welchen großen Nachteil sie hatte. Janina kannte nicht die Anzahl ihrer Gegner, auch nicht ihre Bewaffnung.

Der oder die Ninjas hingegen wussten dank der Schüsse, dass sie mit einer Pistole oder einem Revolver ausgerüstet war. Das Überraschungsmoment konnte sie also vergessen. Das hatte bei dem Kerl funktioniert, den sie durch die Zimmerdecke erschossen hatte. Noch einmal würde das nicht klappen.

Janinas Hände begannen vor Aufregung zu schwitzen. Sie packte den Pistolengriff fester. Der Adrenalinkick nach dem Töten ließ allmählich nach.

Am schlimmsten war die Ungewissheit.

Janina hatte noch nie gegen mehrere Feinde kämpfen müssen. Genau genommen hatte sie zwar schon einige Menschen umgebracht, die aber gegen sie stets chancenlos gewesen waren. Keines der jungen Mädchen hatte sich gewehrt, die Opfer waren vor Schreck wie erstarrt gewesen.

Wie viele Patronen befanden sich noch im Magazin?

Janina wusste es nicht. Hätte sie sich bei Heike Stein vielleicht danach erkundigen sollen, bevor sie die Kriminalistin mit einem Soda-Siphon ausgeknockt hatte? Die Frau des Killers war stolz auf ihre Geistesgegenwart gewesen, weil sie die Waffe überhaupt mitgenommen hatte.

Der Revolver, mit dem Janina vor Jahren auf einem Schießstand geübt hatte, enthielt sechs Patronen. Ein Pistolenmagazin wies mehr Geschosse auf, jedenfalls war das ihr Kenntnisstand.

Und wie viele waren es wirklich?

Janina konnte die Anzahl nur schätzen. Fest stand, dass sie nicht wild um sich ballern durfte. Dann drohte nämlich die Gefahr, dass ihre Waffe im Handumdrehen leer war. Und sich mit bloßen Händen gegen eine Horde Ninjas zu wehren, war kein erfolgversprechender Plan.

Doch seit sie das Auto gesehen hatte, konnte sie die Anzahl ihrer Feinde besser eingrenzen. In so einen Wagen passten vier, höchstens fünf Personen. Nachdem Janina einen Angreifer eliminiert hatte, standen ihr noch maximal vier weitere Kämpfer gegenüber.

Irgendwie fand Janina diese Aussicht nicht beruhigend.

Während ihr diese Gedanken durch den Kopf schwirrten, verharrte sie direkt neben der Fahrbahn und lauschte. Nur mit wenigen Schritten konnte sie in das Gehölz gelangen. Aber würde sie dann ihren Feinden nicht direkt in die Arme laufen?

Plötzlich erklang ein leises Sirren, und dann wickelte sich eine Kette um Janinas linkes Fußgelenk. Ein kräftiger Zug – und sie knallte auf den Boden!

Die Frau des Killers schrie, weniger vor Schmerzen als vor Schreck. Am unheimlichsten fand sie, dass der Angriff buchstäblich aus dem Nichts erfolgt war. Instinktiv feuerte sie einen Schuss in die Richtung ab, wo sie diesen verflixten Ninja vermutete.

„Zeig dich endlich!", rief sie. Janina fand, dass ihre Stimme sich hysterisch anhörte. Sie durfte jetzt keine Schwäche zeigen. Immerhin wurde nicht mehr an der Kette gezogen. Ob das ein Hinweis darauf war, dass sie getroffen hatte? Verlassen wollte sie sich darauf jedenfalls nicht.

Mit ihrer freien linken Hand griff sich nach dem biegsamen Eisenband, das aus vielen kleinen harten Kettengliedern geschmiedet worden war. Sie kam wieder auf die Beine und stellte fest, dass ihr Fußgelenk wehtat. Immerhin konnte sie auftreten.

Doch die Attacke war noch nicht vorbei.

Janina spürte einen wilden Schmerz an der Kehle, und warmes Blut rann an ihrem Hals entlang. Ein eiserner Wurfstern oder ein ähnliches Mordinstrument musste sie gestreift haben, eine andere Erklärung gab es nicht. Zum Glück war die Wunde nur oberflächlich, lediglich die Haut war geritzt worden.

Aber nur wenige Zentimeter weiter links wäre ihre Kehle vom einen zum anderen Ohr aufgerissen worden.

Nun war es mit Janinas Kampfgeist vorbei. Sie wurde von einer Welle der Todesangst überrollt, die nur noch einen Ausweg zuließ.

Sofortige Flucht!

Janina lief über die Fahrbahn, wobei ihre Knie sich butterweich anfühlten. Sie kam sich vor wie in einem Alptraum, wo sie vor der Gefahr wegrennen wollte, aber immer langsamer wurde.

Sie drehte sich halb nach hinten um und schoss ziellos in die Richtung, aus der ihr Feind den Wurfstern geschleudert hatte.

Janinas Ziel war das Auto.

Sie hatte noch niemals einen Wagen kurzschließen müssen. Ob sie diese Aufgabe lösen konnte, war ihr unklar. Sie hörte immer noch keinen Mucks von ihrem Verfolger. Es war, als ob ein Geist sie gleich zweimal hintereinander angegriffen hätte.

Sie erreichte das Auto, packte instinktiv den Griff der Fahrertür.

Und der Wagen war offen!

Erleichtert ließ Janina sich auf den Fahrersitz fallen, während die Wunde an ihrem Hals immer noch blutete.

Der Zündschlüssel steckte!

Die Frau des Killers konnte ihr Glück kaum fassen. Doch warum sollte ihre momentane Pechsträhne nicht irgendwann einmal zu Ende sein? Genauer gesagt: In diesem Augenblick.

Sie konnte es kaum glauben, dass ihre Gegner den Wagen abfahrbereit hier stehen gelassen hatten. Andererseits: Diese einsame Landstraße war nicht St. Pauli, wo das Auto nach spätestens drei Minuten fort gewesen wäre. Wer sollte in dieser Einöde ein Fahrzeug klauen?

Janina wollte den Toyota Corolla anlassen, doch beim ersten Versuch klappte es nicht. Der Schweiß lief ihr in Strömen über das Gesicht und vermischte sich nun mit dem Blut an ihrem Hals.

Sie rang nach Luft, startete mit zitternden Fingern einen zweiten Anlauf.

Und dann sah sie zum ersten Mal ihren Feind.

Der Mann – sie vermutete, dass sich in der Ninja-Montur keine Frau verbarg – lief geduckt auf das Auto zu. Seine behandschuhte Rechte hielt einen langen Dolch, die Linke war mit einem gemein aussehenden Schlagring aus Eisen bewehrt. Das Instrument erinnerte an eine Tierkralle.

Das Gesicht des Ninjas war verhüllt, nur die Augenpartie blieb frei. Er trug schwarze Stoffschuhe, deren Schritte auf dem Asphalt der Fahrbahn völlig geräuschlos waren. Und es schien ihm inzwischen egal zu sein, dass Janina eine Pistole besaß.

Sie hatte die Waffe aufs Armaturenbrett gelegt, weil sie mit der rechten Hand den Zündschlüssel umdrehte.

Janina tat es noch einmal – und das Auto sprang an!

Sie legte einen Kavalierstart hin, doch nun flankte der Ninja auf die Motorhaube und krallte sich dort fest. Den Dolch musste er fallen gelassen haben, aber das war kein Trost. Janina zweifelte nicht daran, dass er sie auch mit bloßen Händen hätte töten können. Jetzt war nur noch die Windschutzscheibe zwischen ihnen, der Abstand zum Gesicht des Angreifers betrug höchstens einen Meter.

In seinen Augen las Janina abgrundtiefen Hass.

Der Toyota Corolla hatte mit der vorderen Stoßstange Richtung Bad Segeberg gestanden, doch dort wollte Janina nicht hin. Es zog sie nach Hamburg zurück, wo sich ihr Ehemann und ihre Tochter befanden.

Also wendete sie den Wagen. Währenddessen blieb der Ninja nicht untätig.

Er wollte mit seinem Schlagring die Windschutzscheibe zertrümmern!

Dem ersten Hieb konnte das Verbundglas noch widerstehen, obwohl es sich in tausend winzige Scherben verwandelte. Doch beim nächsten Angriff war es vorbei.

Janina trat aufs Gas, raste in eine Kurve und riss am Lenkrad. Der Toyota Corolla kam ins Schleudern. Einen furchtbaren Moment lang sah es so aus, als ob das Auto sich überschlagen würde.

Stattdessen geschah das, worauf sie inständig gehofft hatte.

Der Ninja wurde von der Motorhaube gefegt. Er konnte den Fliehkräften nicht widerstehen und verschwand irgendwo in der Dunkelheit neben der Fahrbahn. Am liebsten wäre Janina ausgestiegen und hätte ihm eine Kugel in den Kopf gejagt. Aber sie wollte ihr Schicksal nicht herausfordern.

Also brachte sie den Wagen wieder in die richtige Spur und steuerte trotz der kaputten Windschutzscheibe zielsicher in Richtung Hamburg.

Sie wusste jetzt, was sie zu tun hatte.

20

Einige Stunden nach diesen Ereignissen bekam Heike einen Anruf von ihrer Kollegin Melanie.

„Wir haben neue Hinweise auf ein mögliches Versteck, in dem Janina Schaper sich verkriechen könnte."

„Ich bin ganz Ohr", gab die Hauptkommissarin zurück.

Sie machte sich einige Notizen, während Ben ihr gespannt zusah. Er saß am Steuer des Dienstwagens, mit dem die Ermittler vom Untersuchungsgefängnis zu dem Krankenhaus fuhren, in dem Rabea Schaper lag. Heike beendete das Telefonat und berührte Ben am Arm.

„Es gibt eine Planänderung. Wir können auch noch später nach dem Mädchen sehen, es wird ja von unseren Kollegen gut bewacht. Lass uns nach Wulksfelde fahren."

„Was wollen wir denn auf dem Land?"

„Melanie meint, dass Janina Schaper ein Häuschen geerbt hat, eine halbe Ruine. Sie hat sich beim Grundbuchamt erkundigt und mir die Adresse durchgegeben. Womöglich war oder ist die Gesuchte noch dort. Angeblich wussten nur wenige Menschen von dieser Erbschaft. So gesehen wäre das ein guter Unterschlupf. Wir wollen uns mit Melanie und Koslowski treffen. Sie haben die Kollegen in Schleswig-Holstein bereits verständigt, schließlich ermitteln wir in diesem Fall auf ihrem Hoheitsgebiet. Sie schicken uns später Einsatzkräfte zur Unterstützung."

„Einen Versuch ist es wert", meinte Ben.

Sie fuhren eine Zeitlang Richtung Stadtrand, bis Heike das Schweigen brach.

„Dieses Ehepaar ist mir ein Rätsel. Sie haben nach außen hin ein völlig normales Leben geführt, man könnte sie als eine Bilderbuchfamilie betrachten."

Der Hauptkommissar nickte.

„Ja, dasselbe traf auch auf Maja, Pia und mich zu. Und was ist jetzt aus uns geworden?"

Heike lag die Bemerkung auf der Zunge, dass er nicht alles auf sich beziehen sollte. Aber sie verkniff sich den Spruch. Sie konnte nur erahnen, wie sich Ben als Polizeibeamter fühlen musste, nachdem seine Frau kriminell geworden war und jetzt an der Seite eines baltischen Ganoven auf der Fahndungsliste stand.

Heike atmete einmal tief durch, bevor sie antwortete: „Zumindest hat deine Tochter noch dich, Ben. Du kannst dafür sorgen, dass es in ihrem Leben wieder Stabilität gibt. Rabea Schaper hingegen wird wohl in einer Pflegefamilie landen. Ich glaube nämlich nicht, dass ihre Eltern um eine lebenslange Haftstrafe herumkommen."

Ben nickte langsam.

„Ja, und Pia hat auch noch andere Menschen, denen sie vertraut. Vor allem dich. Sie erkundigt sich immer nach dir. Willst du uns nicht demnächst wieder mal besuchen?"

Die Frage, ob sie eine Art Ersatzmutter für Bens Tochter werden konnte, hatte Heike bisher stets erfolgreich verdrängt. So war sie auch in diesem Moment froh, dass sie sich bereits ihrem Fahrtziel näherten.

Melanies und Koslowskis Dienstwagen parkte dort bereits, und die junge Kommissarin wartete neben der offen stehenden Eingangstür auf sie. Heike bemerkte sofort, dass Melanie einen Beutel für Beweismittel in der Hand hatte. Darin befand sich ein blutverschmierter Wurfstern. Sie deutete auf die Fahrbahn.

„Ich habe dieses Mordinstrument da hinten aufgelesen und

die Stelle markiert. Hier muss sich einiges abgespielt haben. Wir konnten auch eine Kette sicherstellen, die wahrscheinlich als Waffe benutzt wurde. Von den Leichen will ich gar nicht erst reden."

Melanie war ziemlich blass um die Nase herum. Heike schaute sie prüfend an.

„Bist du okay?"

„Ging mir schon mal besser", gab die Kommissarin zu. „Rüdiger meinte, ich sollte an die frische Luft gehen. Er kann so ein Schatz sein, aber erzählt ihm nicht, dass ich das gesagt habe. – Ich bin nun schon ein paar Jahre in dem Job, aber dieses Haus …"

Melanie beendete den Satz nicht.

„Janina Schaper habt ihr wohl nicht angetroffen?", fragte Heike.

Die Kommissarin schüttelte den Kopf.

„Habt ihr schon Kriminaltechnik und Gerichtsmediziner angefordert?", wollte Ben wissen.

„Nein, wollte ich aber gleich machen", sagte Melanie mit tonloser Stimme.

„Dann tu das, wir gehen jetzt rein", erwiderte Heike.

„Fangt mit der Besichtigungstour im Keller an, dann kommt ihr richtig in Stimmung", witzelte die junge Kollegin düster.

Die Ermittler betraten die kalte und abweisend wirkende Ruine. Es roch nach Staub und Kalk und Dingen, über die Heike sich lieber keine Gedanken machen wollte.

„Wir sind es, Rüdiger!", rief Ben in den Hausflur hinein.

„Alles klar, ich bin oben", erwiderte der aus Dortmund stammende Kommissar. Seine Stimme drang aus dem ersten Stockwerk.

Sowohl Heike als auch ihr Dienstpartner hatten ihre Taschenlampen eingeschaltet. Durch die offen stehende Haustür drang Tageslicht herein, doch auf der steilen Kellertreppe war es stockdunkel.

Der Leichengeruch wurde durch den beißenden Gestank

nach Chemikalien kaum verschleiert. Heike war im Untergeschoss angelangt. Dort war der Boden aufgebohrt worden, vielleicht mit einem Presslufthammer. Das Erdreich darunter hatte man ausgehoben, ein Haufen dunkler Torf war in einer Ecke aufgeschüttet. Knochen ragten aus der nur halbherzig geschaufelten Grube.

Es kam der Kriminalistin so vor, als ob die Arbeit abgebrochen worden wäre. Vielleicht hatten die Täter erkannt, dass es zu mühsam war, sich auf diese Weise der Opfer zu entledigen.

Oder sie hatten schlicht und einfach zu viele Frauen getötet, um sie hier unterbringen zu können. Bens Stimme riss Heike aus ihren Überlegungen.

„Hier drüben sind die Kleider."

Der Hauptkommissar hatte den Lichtstrahl seiner Taschenlampe auf eine andere Ecke gerichtet, in der Hosen, Röcke, T-Shirts, Blusen und Unterwäsche aufgetürmt worden waren. Der modische Stil sprach dafür, dass diese Dinge ausnahmslos jungen Frauen gehört hatten. Es wirkte, als ob jemand einen Plastiksack der Altkleidersammlung aufgeschlitzt und den Inhalt ausgeschüttet hätte.

Heike atmete tief durch.

„Ich würde ja gern etwas Tröstliches sagen", murmelte sie mit belegter Stimme. „Das einzig Gute ist wohl, dass wir diese Mordserie beendet haben. Vorausgesetzt, dass Janina Schaper nicht allein munter weitermacht."

„Wir werden sie erwischen", betonte Ben mit Bestimmtheit. „Ich würde sagen, wir haben hier einstweilen genug gesehen. Lass uns mit Koslowski treffen. Mal schauen, was er für uns hat."

„Viel schlimmer kann es wohl nicht kommen", seufzte Heike. Sie verstand nun viel besser, weshalb Melanie dieser Fund so an die Nieren gegangen war. Vielleicht lag es auch daran, dass ihre Kollegin nur unwesentlich älter war als die Opfer.

Die Ermittler verließen den Keller und stiegen hoch in die erste Etage. Dort stand Koslowski neben der Leiche eines Mannes, der wie ein japanischer Ninja gekleidet war.

„Personalpapiere hat der Tote nicht bei sich", sagte Melanies Dienstpartner. „Das habe ich schon gecheckt. Er scheint erschossen worden zu sein, aber die Details überlasse ich lieber dem Gerichtsmediziner. – Jedenfalls war keine Zeit mehr, ihn aufzulösen."

„Aufzulösen?", hakte Heike stirnrunzelnd nach.

Koslowski machte eine Kopfbewegung nach links.

„Dort ist das Badezimmer. Aber kommt bloß nicht auf die Idee, euch in die Wanne legen zu wollen."

Heike und Ben gingen in den gekachelten Raum hinüber, in dem eine uralte Emaille-Badewanne stand. Sie war mit einer stinkenden Chemikalie gefüllt. Auf der Fensterbank befanden sich einige Schmuckstücke – Ringe, Armreifen und Ketten.

„Wenn du mich fragst, dann haben die Killer hier die Leichenteile zersetzt, weil ihnen das Verbuddeln im Keller zu anstrengend war", murmelte Ben. „Oder es hat ihnen mehr Freude gemacht, die Toten auf diese Art loszuwerden. Wer weiß schon, was in solchen Köpfen vor sich geht."

„Wahrhaftig", erwiderte Heike. Sie wollte jetzt nicht zu tief in die Psyche von Dennis und Janina Schaper eintauchen. Vielmehr machte sie der Ermordete in der schwarzen Kluft stutzig.

„Sind wir uns einig darüber, dass dieser tote Ninja völlig aus dem Mordschema des Ehepaares fällt?", vergewisserte Heike sich.

Ben nickte.

„Er ist der einzige Mann. Oder zumindest der einzige, von dem wir wissen."

Heike lief ein kalter Schauer über den Rücken. Die Vorstellung, dass es noch mehr Opfer geben könnte, schockierte sie. Doch dann hatte die Kriminalistin sich wieder im Griff.

„Da muss mehr dahinterstecken, Ben! Dieser Wurfstern, den

Melanie gefunden hat, – das ist eine typische Ninja-Waffe. Er war mit Blut befleckt."

„Und was schlussfolgerst du daraus?"

„Janina Schaper wurde hier von einem oder mehreren Ninjas angegriffen, aus welchen Gründen auch immer. Sie wehrt sich, und zwar mit meiner Pistole. Ein Ninja stirbt, womöglich fliehen weitere Schattenkämpfer. Und auch Janina Schaper haut wieder ab."

„Ob die Kugeln aus deiner Waffe stammen, werden die Kriminaltechniker schon herausfinden", gab Ben zurück. „Deine These ist jedenfalls schlüssig."

„Danke für die Blumen. Und außerdem vermute ich, dass das Blut an dem Wurfstern von Janina Schaper stammt. Wenn ich recht habe, dann ist sie verletzt. Wie schwer, das wissen wir nicht."

„Dann werde ich die Meldung herausgeben, dass Kliniken und Arztpraxen bei der Fahndung nach der Flüchtigen ganz besonders berücksichtigt werden sollen", sagte Ben und griff zum Funkgerät.

Heike wollte eigentlich noch weiter mit Koslowski sprechen, doch da klingelte ihr Smartphone. Das Display zeigte die Meldung: UNBEKANNTE NUMMER.

„Hier spricht Hauptkommissarin Stein, wer ist denn da?"

„Das wissen Sie genau, Frau Stein."

Heike antwortete nicht sofort, obwohl sie die Stimme von Janina Schaper sofort erkannt hatte.

21

„Sind Sie allein?"

Heike hatte ihre Schrecksekunde überwunden und fragte zurück: „Warum wollen Sie das wissen?"

„Weil die Vereinbarung, die ich mit Ihnen schließen möchte, nur uns beide etwas angeht."

„Ich gehe mal eben zum Telefonieren raus", erwiderte die Hauptkommissarin laut. Dann eilte sie die Treppenstufen hinunter, durchquerte den Hausflur und verließ das Horror-Gemäuer. Melanie stand immer noch draußen und wollte sie ansprechen. Doch dann sah sie, dass Heike ihr Smartphone am Ohr hatte, und hielt sich zurück.

Die Hauptkommissarin gestikulierte wild, um Melanies Aufmerksamkeit zu erlangen. Heike hatte natürlich nicht vor, mit der Mörderin irgendwelche Mauscheleien zu betreiben. Es ging ihr nur darum, Janina Schaper möglichst lange in ein Gespräch zu verwickeln. Wenn Melanie kapierte, mit wem Heike sprach, konnte sie sich womöglich um eine Rückverfolgung des Anrufs kümmern. Daher schaltete die Hauptkommissarin nun den Lautsprecher ein und sagte: „So, jetzt kann uns niemand mehr hören. Was wollen Sie von mir, Frau Schaper?"

Melanie zuckte zusammen, als der Name der Mörderin fiel. Aber dann tat sie genau das, was Heike gehofft hatte. Sie eilte ins Haus – wahrscheinlich, um das Polizeipräsidium zu alarmieren. Die dortigen Spezialisten würden hoffentlich schnell eine Lösung finden. Es war, als ob Janina Schaper diesen Gedankengang vorausgeahnt hätte.

„Ich werde mich kurz fassen, denn ich spreche von einer der wenigen Telefonzellen aus, die es in Hamburg noch gibt."

„Woher haben Sie überhaupt meine Mobilfunknummer?"

„Als ich mich in Ihrer Wohnung grußlos verabschiedete, habe ich eine Ihrer Visitenkarten mitgenommen – unter anderem."

Heike dachte an den toten Ninja, der vermutlich mit ihrer Waffe erschossen worden war. Wut stieg in ihr auf.

„Ich weiß nicht, was für eine Vereinbarung Sie mit mir schließen wollen, Frau Schaper. Für Sie gibt es nur die Chance, sich möglichst umgehend bei der nächsten Polizeiwache zu stellen."

Die Mörderin stieß ein heiseres Lachen aus.

„Daran hatte ich nun überhaupt nicht gedacht."

„Sie sind doch verwundet, nicht wahr? Wollen Sie Ihre Verletzung nicht von einem Arzt behandeln lassen?"

Heikes Worte waren ein Schuss ins Blaue gewesen. Womöglich erwies sich ihre Schlussfolgerung als völlig falsch und sie würde sich vor der Verbrecherin blamieren. Doch als Janina Schaper antwortete, schwang in ihrer Stimme ein widerwilliger Respekt mit.

„Dann waren Sie also schon in Wulksfelde? Alle Achtung, man sollte die Hamburger Polizei doch nicht unterschätzen. Und Ihre Sorge um meinen Gesundheitszustand ist maßlos übertrieben. Ich habe nur einen Kratzer abbekommen."

„Es ist nur eine Frage der Zeit, bis wir Sie erwischen."

„Das sehe ich anders, Frau Stein. Sie werden mich bei meiner Flucht nicht nur unterstützen, sondern auch meine Tochter aus dem Krankenhaus holen und zu mir bringen. Halten Sie mich vielleicht für eine Rabenmutter? Ich werde ganz gewiss nicht ohne Rabea verschwinden."

„Warum sollte ich das tun? Ich habe nicht vor, einer mehrfachen Mörderin beim Türmen zu helfen. Oder hat Ihr Mann alle diese Bluttaten begangen, und Sie haben ihm nur assistiert?"

„Nein, Dennis und ich haben Hand in Hand gearbeitet. Die Mixtur, in der die Körperteile aufgelöst wurden, hat allerdings er zusammengestellt. Für einen promovierten Chemiker war das ein Kinderspiel. – Ich kann Ihnen genau sagen, weshalb Sie meine Anweisungen befolgen werden. Ich habe in Ihrer Wohnung die Adresse Ihrer Eltern auf Mallorca gefunden. Und es gibt dort einen guten Freund von uns, der Ihrer Mama und Ihrem Papa jederzeit einen Besuch abstatten kann."

Janina Schaper schaffte es mit dieser Drohung wirklich, Heike einen gewaltigen Schrecken einzujagen. Ihr Herz raste, auf ihrer Stirn bildeten sich kalte Schweißtropfen. Ihre Hände begannen zu zittern. Schließlich hatte sie erst vor wenigen Minuten vor Augen gehabt, wozu diese Schlächter-Eheleute fähig gewesen waren.

Doch dann zerriss kühle Vernunft den Schleier der Hysterie.

Heikes Vater war sein Leben lang Polizist gewesen, selbst jetzt im Rentner-Exil auf Mallorca arbeitete er noch stundenweise freiwillig bei der *Guardia Civil* mit. Er verfügte über erstklassige Verbindungen zu den spanischen Sicherheitskräften. Ein Anruf genügte, und Heikes Eltern würden rund um die Uhr Polizeischutz bekommen.

Das konnte die Mörderin nicht wissen.

Und deshalb beschloss Heike, zum Schein auf die Forderung einzugehen.

„Hören Sie, ich bekomme das hin", sagte sie mit einem flehenden Unterton in der Stimme. „Ich kann Ihre Tochter aus dem Krankenhaus schmuggeln, allerdings ist ihr Bein gebrochen. Doch das macht nichts. Ich kenne ein paar Typen auf St. Pauli, die mir noch einen Gefallen schulden. Die Männer können Rabea in einem Lieferwagen fortschaffen. Nur lassen Sie bitte meine Eltern in Ruhe!"

Die Verbrecherin atmete am Telefon tief durch. Einen Moment lang fürchtete Heike, dass sie zu dick aufgetragen hätte. Doch dann meldete Janina Schaper sich erneut: „Sehr gut, Frau Stein. Dann werde ich Ihnen jetzt sagen, was ich geplant habe."

22

Maja Wilken musterte Andris mit einem kühlen Blick, als er das Schlafzimmer betrat.
„Ich hoffe, du bringst gute Nachrichten." Seit dem gescheiterten Mordanschlag auf Heike Stein hielt sie ihren Liebhaber auf Distanz. Das war nach Majas Meinung das effektivste Mittel, um ihren Willen durchzusetzen. Sex-Entzug wirkte bei Männern oft Wunder.
Maja erinnerte sich nur ungern an die Zeit, als sie Andris beinahe hörig gewesen war und er sie sogar geschlagen hatte. Das wäre mittlerweile undenkbar gewesen. Inzwischen brauchte Andris Maja wie die Luft zum Atmen.
Nicht etwa umgekehrt.
Sie hatte schon öfter mit dem Gedanken gespielt, diesen lästigen Balten endlich loszuwerden. Aber noch war es nicht so weit. Aktuell brauchte sie ihn, um Heike Stein endlich ins Jenseits zu befördern.
„Ja, es gibt Neuigkeiten aus dem Hamburger Polizeipräsidium", sagte Andris mit belegter Stimme. Sein sehnsuchtsvoller Blick glitt über Majas Körper, der nur mit einem halb durchsichtigen Unterrock bekleidet war.
Sie wusste, dass er einen sündhaft teuren russischen Hacker angeheuert hatte, um in das Kommunikationssystem der Polizei einzudringen. Maja war ihm das wert. Sie hoffte nur, dass endlich etwas dabei herausgekommen war.
„Red schon, lass dir nicht jedes Wort einzeln aus der Nase ziehen", keifte sie.

„Es gibt so eine Art fingierten Deal mit einer flüchtigen Mörderin, von der Heike Stein irgendwie erpresst wird", begann Andris. „Es soll heute Abend zu einem Treffen zwischen deiner Feindin und dieser Mörderin kommen, aber das ist eine Falle."

„Natürlich ist es eine Falle", grollte Maja. „So eine falsche Schlange wie Heike Stein spielt nie mit offenen Karten. – Und wo und wie läuft die Aktion ab?"

„Heike Stein soll sich mit dieser Mörderin namens Janina Schaper um 20 Uhr in Trauns Park treffen, bei den Vogelskulpturen. Ich habe keine Ahnung, wo das sein soll. Und natürlich verlangt die Schaper, dass die Polizistin allein und ohne Rückendeckung kommt."

„Ich weiß, wo das ist!", entgegnete Maja eifrig. „Trauns Park ist ein kleiner Grünstreifen in Rothenburgsort, in Elbnähe und bei den Wasserwerken. Ein unübersichtliches Gelände, da gibt es Fluchtmöglichkeiten ohne Ende."

„Willst du da etwa hingehen?", fragte Andris mit unverhohlenem Entsetzen.

„Selbstverständlich! Das ist eine einmalige Gelegenheit, mit Heike Stein abzurechnen. Die Bullen werden auf diese Janina Schaper achten, aber nicht auf mich. Außerdem schlage ich zu und bin schon wieder weg, bevor sie ihre Kinnladen auch nur runterklappen können."

„Da wird es von Polizisten nur so wimmeln", wandte der Balte ein.

„Nicht in der unmittelbaren Nähe." Maja ließ keinen Widerspruch zu. „Selbstverständlich werden sich Bullen bereithalten. Heike Stein ist viel zu feige, um sich allein einer Mörderin zu stellen. Aber die Verstärkung wird sich in größerer Entfernung postieren, damit die Schaper nicht Lunte riecht."

„Ich halte das für keine gute Idee", murmelte Andris.

Maja wischte seinen Einwand mit einer ungeduldigen Handbewegung weg.

„Überleg doch mal, du Trottel! Die Bullen konzentrieren

sich ganz auf diese Janina Schaper, sie soll verhaftet werden. Und was wird geschehen, wenn ich Heike Stein abknalle? Große Aufregung, damit rechnet niemand! Als Nächstes stürzen sich die Bullen auf die Mörderin. Sie werden annehmen, dass sie einen Komplizen hat. Die Verwirrung nutze ich, um mich abzusetzen. Und ein paar Stunden später liege ich schon wieder in deinen Armen …"

Maja unterstrich ihre Worte, indem sie sich vom Bett erhob, ihre Arme um Andris' Nacken schlang und an seinem Ohrläppchen zu knabbern begann.

Er war wie Wachs in ihren Händen.

Sie wusste genau, dass er ihr Vorhaben nicht blockieren würde.

23

Der Tag war wie im Flug vergangen, und nun lag Maja flach auf dem Bauch in einem Gebüsch am Rand von Trauns Park. Von hier aus hatte sie einen Panoramablick auf die Rasenfläche, auf der die beiden Vogel-Skulpturen standen.

Die Dämmerung senkte sich über Rothenburgsort.

Dennoch hatte sie immer noch genügend Licht, um ihr Ziel treffen zu können. Maja war nicht abergläubisch. Trotzdem glaubte sie daran, dass allein schon ihr Hass die Kugeln leiten würde. Hinzu kam das Überraschungsmoment.

Heike Stein rechnete garantiert nicht damit, dass ihre ärgste Feindin auf sie lauerte.

Sie schaute auf ihre Armbanduhr.

Es war jetzt eine Stunde her, seit Andris sie am Ausschläger Elbdeich abgesetzt hatte, direkt gegenüber der Elbinsel Kaltehofe. Von dort aus hatte Maja einen gemütlichen Spaziergang Richtung Trauns Park gemacht, wobei sie natürlich auf Polizeieinheiten im Hinterhalt achtete. Und wirklich war ihr ein verdächtig aussehender Van mit getönten dunklen Scheiben aufgefallen, der am Vierländer Damm parkte. Sie wettete mit sich selbst, dass sich im Wageninneren eine schwerbewaffnete Einheit des Mobilen Einsatzkommandos befand.

Doch das war Maja egal.

Sie traute es sich durchaus zu, nach ihrem geplanten Mord ungeschoren davonzukommen. Sie wollte einfach nicht an ein

Scheitern denken. Und auch nicht daran, dass diese Operation womöglich platzen könnte.

Es war erst fünf Minuten vor zwanzig Uhr, als Maja eine Bewegung am Rand der Rasenfläche bemerkte. Sie zog die Glock aus der Tasche, die Andris ihr besorgt hatte. Sie brachte die Pistole mit ausgestreckten Armen in den Anschlag. Dadurch, dass sie auf dem Erdboden lag, konnte sie sich gut abstützen. So bestand nicht die Gefahr, dass sie zu zittern begann und den Schuss womöglich verriss.

Majas zukünftiges Opfer schlenderte völlig arglos auf die Vogel-Skulpturen zu.

Es war Heike Stein!

Daran konnte es keinen Zweifel geben, obwohl Maja auf die Entfernung nur die blonden kurzen Haare und die Kleidung erkennen konnte. Nun erwies es sich als Vorteil, dass sie in der Vergangenheit ihre Widersacherin öfter getroffen hatte. Sie wusste, welchen Stil die Hauptkommissarin bevorzugte.

Maja presste die Lippen aufeinander.

Bei der Vorbereitung hatte sie sich ausgemalt, mit der Pistole in der Hand auf ihre Widersacherin zuzugehen und sie um ihr Leben betteln zu lassen, bevor Maja es beendete. Doch das war keine gute Idee. Als Polizistenfrau wusste sie, dass bei solchen Einsätzen Eigensicherung eine sehr große Rolle spielte. Heike würde gewiss eine Schutzweste tragen und außerdem verkabelt sein.

In dem Moment, wenn Maja mit ihrer Hassrede beginnen würde, setzte sich vermutlich bereits die Verstärkung in Marsch. Nein, das konnte sie nicht riskieren. Also würde Heike Stein sterben, ohne zu wissen, wer ihre Mörderin war.

Das war der einzige Wermutstropfen, der Majas Euphorie ein wenig trübte.

Aber nicht viel.

Sie hatte jetzt ein ideales Schussfeld, eine solche Gelegenheit kam garantiert niemals wieder.

Maja schoss, und schon die erste Kugel traf ins Ziel.

Danach gab es für sie kein Halten mehr.

Bens Ehefrau leerte das halbe Magazin in den Körper und den Kopf der Frau, die sie so unendlich hasste.

Heike Stein ging tödlich getroffen zu Boden.

24

„Wer hat geschossen?"

Diese Frage schrie Heike in das Kehlkopf-Mikrophon, das sich in ihrer Halskette verbarg. Sie hatte außerdem einen Bluetooth-Empfänger im Ohr. So konnte sie mit den MEK-Kollegen kommunizieren, die ihr Deckung geben sollten.

„Von meinen Männern war es jedenfalls keiner", erwiderte Bubert, der MEK-Einsatzleiter. „Brauchen Sie Unterstützung?"

Heike antwortete nicht mehr. Sie hatte sich in der Nähe des Parkeingangs befunden, als die Schüsse fielen. Von dort aus waren es noch mehrere hundert Meter bis zu dem verabredeten Treffpunkt bei den Vogel-Skulpturen.

Heikes Puls raste.

Schon aus der Distanz sah sie einen leblosen Körper auf dem Rasen liegen. Die Hauptkommissarin hatte ihre Dienstwaffe bereits schussbereit. Aber das Feuer war eingestellt worden.

Wahrscheinlich, weil der Schütze sein Ziel erreicht hatte.

Heike ließ ihren Blick über das Buschwerk und die Bäume schweifen. Es gab hier erstklassige Deckung, das Gelände war ideal für einen Hinterhalt. Warum Janina Schaper wohl ausgerechnet einen solchen Treffpunkt ausgesucht hatte?

Diese Frage würde die Mörderin niemals beantworten können.

Obwohl Heike keine Ärztin war, konnte sie sofort erkennen, dass für Janina Schaper jede Hilfe zu spät kam. Mehrere Kugeln waren in ihren Oberkörper und in ihren Kopf eingedrungen. Den Hals hatte die Verbrecherin, die Heikes

Kleider gestohlen hatte, mit einer Mullbinde bandagiert. Dort musste sie der Wurfstern getroffen haben.

Ob die Ninjas diese Tat begangen hatten, nachdem der erste Versuch gescheitert war?

Heike wusste es nicht.

Sie hörte das Klappen von Autotüren, Waffengeklirr und das Geräusch von schweren Stiefeltritten. Gleich darauf waren Bubert und einige seiner Leute an ihrer Seite.

„Wir müssen den Park systematisch durchkämmen", rief Heike. „Wir brauchen Verstärkung, außerdem muss die gesamte Umgebung abgeriegelt werden."

Bubert nickte und griff zum Funkgerät.

„Haben Sie einen Tatverdächtigen?"

Heike fuhr sich mit den Handflächen über das Gesicht.

„Wenn ich das wüsste! Aus dem Bauch heraus würde ich auf einen Mann in Ninja-Verkleidung tippen. Allerdings wird er diese Montur wohl ausziehen, weil sie zu auffällig ist. Aber wenn er die Sachen nicht entsorgt, hat er sie vielleicht noch bei sich. In einer Reisetasche beispielsweise. Oder er fährt ein Auto."

Der Einsatzleiter nickte.

„Den Dreckskerl werden wir schon erwischen."

***

Maja trug ein Minikleid, Pumps und eine dunkle Strumpfhose. In ihrer Handtasche befanden sich nur wenige Gegenstände. Die Glock sowie ihre dünnen Lederhandschuhe gehörten nicht dazu. Beides hatte sie in die Elbe geworfen, nachdem sie aus dem Park abgehauen war.

In Rothenburgsort war inzwischen die Hölle los.

Polizeisirenen schienen aus allen Ecken zu dröhnen. Auf dem Fluss kreuzte ein Boot der Wasserschutzpolizei, dessen Suchscheinwerferlichter schmerzhaft in die Augen stachen.

Maja wurde von einer tiefen inneren Befriedigung erfasst. Nun war ihre größte Rivalin endlich tot. Dabei wollte Maja Ben gar nicht zurückhaben. Ihr jetziges Leben war viel mehr nach ihrem Geschmack. Nur der Gedanke an ihre kleine Pia versetzte ihr einen Stich. Die Kleine vermisste ihre Mama gewiss ganz schrecklich.

Doch auch für dieses Problem gab es eine Lösung. Die Entführung ihrer eigenen Tochter stand als Nächstes auf Majas To-Do-Liste. Nachdem Heike Stein ins Gras gebissen hatte, fühlte Maja sich praktisch unbesiegbar.

Deshalb wurde sie auch nicht nervös, als sie am Billhorner Deich auf eine hastig errichtete Polizeisperre stieß.

Maja riss ihre schönen Augen auf, während sie auf einen älteren Polizeiobermeister mit schusssicherer Weste und umgehängter Maschinenpistole zutrat.

„Ist etwas passiert?", fragte sie mit sorgfältig einstudiertem polnischen Akzent.

„Ein Mörder ist flüchtig", gab der Ordnungshüter zurück. „Haben Sie ein Personaldokument für uns, meine Dame?"

„Selbstverständlich", gab Maja zurück. Sie kramte ihren gefälschten polnischen Reisepass aus der Handtasche, die ansonsten nur eine Puderdose, ein paar Fünfzig-Euro-Scheine, Kondome und einen Lippenstift enthielt.

Der Beamte glich ihre Personaldaten per Funk ab, was Maja nicht wirklich beunruhigte. Der Pass war eigentlich echt, nur dass Maja eben nicht diese Elena Podnanski aus Warschau war. Aber der Fälscher hatte es meisterhaft verstanden, ihr Foto in das angeblich fälschungssichere Dokument einzupassen.

Jedenfalls gab der Polizist ihr den Pass mit einem Kopfnicken zurück.

„Darf ich fragen, was Sie in dieser abgelegenen Gegend um diese Uhrzeit zu tun hatten?" Maja grinste breit und zwinkerte dem Beamten zu.

„Ich habe einen Herrn besucht. Ich glaube nicht, dass er ein Mörder war."

Der Polizist lachte.

„Alles in Ordnung, Frau Podnanski", sagte er freundlich. „Wir wünschen Ihnen noch einen schönen Abend."

„Vielen Dank", antwortete Maja mit einem koketten Augenaufschlag. „Können Sie mir erklären, wie ich von hier aus am schnellsten nach St. Pauli komme?"

25

Am nächsten Morgen hatte Schaper gerade sein Frühstück beendet, als seine Zelle am Holstenglacis aufgeschlossen wurde.

Ein Justizbeamter schob einen hochgewachsenen jungen Mann herein.

Der Serienmörder musterte seinen neuen Zellengenossen. Bisher hatte Schaper keine Gesellschaft gehabt. Entweder lag es daran, dass man ihn für zu gefährlich hielt, oder man wollte ihn vor den anderen Gefangenen schützen.

Der Killer wusste es nicht. Jedes Mal, wenn er ein Gespräch mit dem Personal anzufangen versuchte, stieß er nur auf bräsige Einsilbigkeit. Jeder gekochte Silvesterkarpfen hätte mehr Entgegenkommen gezeigt als diese Schließer.

Daher langweilte Schaper sich. Man konnte nämlich nicht den ganzen Tag lang uralte Spionage-Thriller lesen. Vor allem das Geplänkel mit Frau Stein fehlte ihm. Diese Kriminalistin hatte wirklich Haare auf den Zähnen. Er mochte es, wenn Frauen ihm Kontra gaben. Diese jungen Mädchen, die unter seinen Messerstichen gestorben waren, hatten das leider nicht getan. Glaubten sie wirklich, dass er sie verschonen würde, wenn sie um ihr Leben bettelten.

Nun, Schaper hatte sie eines Besseren belehrt. Sie alle.

Er stand nun von seiner Pritsche auf und nickte dem Neuzugang zu.

„Willkommen in diesem Luxushotel. Ich nehme an, du hast auch All Inclusive gebucht."

Der andere Mann verzog keine Miene. Humor schien er

nicht zu besitzen. Oder beherrschte er die deutsche Sprache nicht? Wie ein Araber oder Afrikaner sah er nicht aus, doch als Pole, Ukrainer oder Russe konnte er problemlos durchgehen.

Schaper unternahm einen neuen Anlauf.

„Verstehst du mich überhaupt?"

„Ja."

Der Neuankömmling wirkte immer noch distanziert und zurückhaltend, doch das war objektiv gesehen kein Wunder. Vermutlich befand er sich zum ersten Mal in Untersuchungshaft – was allerdings auch auf Schaper selbst zutraf. Doch ein Serienkiller wie er selbst befand sich natürlich trotzdem im Fokus der Öffentlichkeit. Der Neuzugang hingegen wirkte nicht so, als ob er ein Wässerchen trüben könnte.

Oder?

Schaper wusste, dass er sich vom äußeren Eindruck nicht täuschen lassen durfte. Er selbst war schließlich viele Jahre lang ebenfalls nach außen hin ein braver Bürger und treusorgender Familienvater gewesen, bevor er seinen dunklen Trieben freien Lauf ließ.

Der Serienkiller schätzte, dass der andere Mann ungefähr zwanzig Jahre jünger war als er selbst. Daher schlug er einen väterlichen Ton an.

„Weswegen haben sie dich eingebuchtet?"

„Widerstand gegen Vollstreckungsbeamte. Ich habe einen Polizisten angegriffen, aber nicht schlimm verletzt. Gerade stark genug, um hier zu landen."

Mit dieser Eröffnung hatte Schaper nicht gerechnet.

„Warum?", wollte er wissen.

Der Zellengenosse beantwortete die Frage nicht. Stattdessen sagte er: „Deine Frau wurde erschossen."

Der Serienkiller riss den Mund auf, rang nach Atem.

„D-du weißt, wer ich bin? Wer hat Janina getötet?"

„Keine Ahnung, ich habe es im Polizeifunk gehört. Hauptsache, sie ist tot."

Das waren die letzten Worte, die Schaper in seinem Leben hörte.

Im nächsten Moment wurde er von Adrian an der Kehle gepackt.

Und dann zerschmetterte der Ninja den Hinterkopf des Mörders an der Zellenwand.

ENDE

Weitere Heike-Stein-Krimis

Tote Unschuld

SoKo Hamburg 1 – ein Heike Stein Krimi

Eine Frauenleiche im Stadtpark wird zur beruflichen und persönlichen Herausforderung für Kommissarin **Heike Stein** von der Hamburger **Polizei**.
Beginnt damit die **Mordserie** eines irren **Killers**? Zunächst deutet alles darauf hin, doch Heike Stein hat ihre Zweifel.
Die junge Kriminalistin muss sich nicht nur gegen ihren störrischen Vorgesetzten durchbeißen, sie hat es auch mit einem scheinbar übermächtigen **Feind** zu tun, der ihr immer einen Schritt voraus ist.
Als ihr auch noch die **Liebe** in die Quere kommt, scheint die Lösung des Rätsels in weite Ferne zu rücken.
Oder ist Heike Stein in eine **teuflische Falle** getappt?

Musical Mord

SoKo Hamburg 2 – ein Heike Stein Krimi

Kommissarin **Heike Stein** von der **Kripo Hamburg** will sich eigentlich nur einen vergnügten Abend machen – aber plötzlich hat sie eine Mordermittlung am Hals. Schnell stellt sich heraus, dass der Selbstmord des Opfers vom **Killer** nur vorgetäuscht wurde. Der attraktive Schauspieler Marc Degner war ein maskuliner **Alpha-Mann**, der viele Herzen brechen konnte. Oder wurde der Täter nicht von **Eifersucht**, sondern von Geldgier getrieben? Heike muss schnell feststellen, dass im Musical-Business mit harten Bandagen gekämpft wird und es um Millionen geht. Da ist ein Menschenleben nicht viel wert – auch nicht das einer Polizistin …

Fleetenfahrt ins Jenseits

SoKo Hamburg 3 – ein Heike Stein Krimi

Eine idyllische Alsterdampferfahrt in Hamburg endet dramatisch, als ein **toter Mann** an Bord gefunden wird. Kommissarin Heike Stein soll den Fall aufklären. Doch während ihr Vorgesetzter bereits von einem Selbstmord überzeugt ist, findet die Kriminalistin seltsame Dinge über den Toten heraus.
Warum gab sich Harry Wolter als Dr. Josef Lindinger aus?
Was hatte er mit einem **Raubüberfall** zu schaffen, bei dem es auch einen Toten gab?
Gab es wirklich eine **sexy Bardame**, die ihm **hörig** war?
Welche Rolle spielte die arrogante Gesellschaftsdame Patricia Blomberg in diesem undurchsichtigen Fall?
Heike Stein kommt erst in dem Moment auf die Lösung des Rätsels, als sie selbst in die Mündung einer **Pistole** blickt.

Reeperbahn Blues

SoKo Hamburg 4 – ein Heike Stein Krimi

Eine Bus-Sightseeingtour durch das Vergnügungsviertel von **Hamburg** wird für die Touristen zum **Horrortrip,** als vor ihren Augen das Blut fließt.
Wer hasste Charly Meier so sehr, dass er am hellichten Tag auf

offener Straße erschossen wurde? Kommissarin Heike Stein von der Kripo Hamburg findet schnell heraus, dass das kleinkriminelle Opfer viele Feinde auf St. Pauli hatte.

Ein Mordverdächtiger ist schnell gefunden, aber Heike Stein hält den **Schläger** nur für einen Sündenbock. Also steckt sie sich ihre Dienstwaffe ein und begibt sich in die St.-Pauli-Nacht, um zwischen **Table-Dance-Bars**, **Hafenspelunken** und **Spielhöllen** nach der Wahrheit zu suchen – bis sie eine Begegnung mit ihrer eigenen Vergangenheit hat, die ihre Ermittlungen völlig auf den Kopf stellt.

Schließlich wird die Mordermittlung zu einem Spiel auf Leben und Tod – und Heike Stein weiß bis zum Schluss nicht, ob sie das richtige Blatt in der Hand hält.

Doch der Mörder ist hartnäckig und skrupellos – plötzlich liegt Heike Stein auf der Nase, während ihr die Kugeln um die Ohren fliegen.

Frauenmord im Freihafen

SoKo Hamburg 5 – ein Heike Stein Krimi

Wer ist die schöne weibliche **Leiche**, die in der Hamburger Speicherstadt gefunden wird? Australierin oder Münchnerin? Ein unschuldiges Opfer oder eine ausgekochte Kriminelle? Wird es noch weitere Tote geben?

Je tiefer Kommissarin **Heike Stein** von der **Kripo Hamburg** gräbt, desto undurchsichtiger wird dieser Mordfall. Und sie muss erst ihr eigenes Leben riskieren, um dem Täter auf die Spur zu kommen.

Blankeneser Mordkomplott

SoKo Hamburg 6 – ein Heike Stein Krimi

Als ein steinreicher und mächtiger Reeder in seiner **Luxusvilla** tot aufgefunden wird, fahnden Kommissarin Heike Stein und ihr Team von der SoKo Hamburg scheinbar nach einem **Phantom**.
Zu viele Menschen hatten ein Motiv, das harte und herrschsüchtige Opfer tot sehen zu wollen. **Sex, Spielsucht** und **Geldgier** sind nur drei Gründe, um Hermann Lorenzen ins Jenseits befördern zu wollen. Je tiefer Heike Stein in die Vergangenheit eintaucht, desto näher kommt sie dem wahren Täter. Und plötzlich muss die Kommissarin um das Leben einer jungen Frau kämpfen. Wird sie das Duell mit dem Unbekannten gewinnen?

Hotel Oceana, Mord inklusive

SoKo Hamburg 7 – ein Heike Stein Krimi

Eine bildschöne **Leiche** in einem **Luxushotel** gibt Kommissarin Heike Stein von der Kripo Hamburg Rätsel auf. **Sex** und **Gewalt** sind offenbar auch in den „besseren Kreisen" kein Tabu mehr – schnell machen sich mehrere Hotelgäste verdächtig. Als Heikes Ermittlungen beginnen, gerät die Kriminalistin schnell selbst ins Visier von geheimnisvollen Mächten. Als ihr dann auch noch der Fall ohne Begründung entzogen wird, will Heike Stein erst recht die Wahrheit erfahren. Doch zuvor muss sie selbst für den **gnadenlosen Killer** den Lockvogel spielen …

Mord maritim

SoKo Hamburg 8 – ein Heike Stein Krimi

Als Kapitän Peter Rasmus an Bord seines Schiffs sterben muss, kann **Kommissarin Heike Stein** einen Selbstmord schnell ausschließen. Es gab also einen **Mord**, aber warum?
Welches **Geheimnis** verbirgt sich in den Laderäumen der **Frisia II**? Als ein zweites **Verbrechen** im Hafen geschieht, wird die Ermittlung nur noch mysteriöser. Außerdem muss sich Heike Stein auch noch mit einer hinterhältigen Kollegin herumärgern, die ihre ganz eigenen Pläne verfolgt.
Als Heike Stein das Rätsel endlich lösen kann, wird eine Messerklinge für sie selbst zur tödlichen Bedrohung.
Das Geheimnis des Professors
SoKo Hamburg 9 – ein Heike Stein Krimi
Ein Toter im Tierpark löst eine Kette von dramatischen Ereignissen aus, die Kommissarin **Heike Stein** und ihre Kollegen von der **SoKo Hamburg** vor ein großes Rätsel stellen. Ein zweiter **Mord** lässt das Geschehen in einem völlig anderen Licht erscheinen, und als die Kommissarin endlich den Fall zu lösen scheint, gerät sie plötzlich **allein und hilflos** in die Hände von zu allem entschlossenen **Fanatikern**. Wird Heike Stein dieses Abenteuer überleben?

Hamburger Rache

SoKo Hamburg 10 – ein Heike Stein Krimi

Ein brutaler **Mord** mitten im Hamburger Hauptbahnhof ruft Kommissarin Heike Stein und ihre Kollegen auf den Plan. Schnell zeigt sich, dass der erschossene vermeintliche **Womanizer** sehr viel zu verbergen hatte.

Spuren führen sowohl in die **Hamburger Unterwelt** als auch ins ferne **Dresden**. Als Heike Stein des Rätsels Lösung nahekommt, steht plötzlich ihre eigene Karriere auf dem Spiel.

Eppendorf Mord

SoKo Hamburg 11 – ein Heike Stein Krimi

Als Heike Steins Nachbarin von einem **Einbrecher** ermordet wird, wird die Kommissarin von Schuldgefühl geplagt. Sie hätte das Opfer retten können, wenn sie rechtzeitig aufgewacht wäre. In **Hamburg-Eppendorf** geht die Angst um: Welche Wohnung nimmt sich der unheimliche Fassadenkletterer als nächste vor?
Als ein **brutaler Serien-Vergewaltiger** ins Visier der Ermittlungen gerät, wird die Lage noch riskanter. Und schließlich muss Heike Stein feststellen, dass sie ihren unheimlichen Gegner völlig falsch eingeschätzt hat.
Jägerin und Gejagter tauschen plötzlich die Rollen, und am Ende wird der Fall für die Kommissarin sehr persönlich.

Satansmaske

SoKo Hamburg 12 – ein Heike Stein Krimi

Ganz Blankenese zittert vor dem unheimlichen **Serienkiller**, der nachts im Treppenviertel junge Frauen **abschlachtet**. Warum schafft es die Hamburger Polizei nicht, in einem so kleinen Areal für Sicherheit zu sorgen? Für Kommissarin **Heike Stein** wird der Fall zur persönlichen Herausforderung, als sie sich schließlich selbst als Lockvogel zur Verfügung stellt. Zu spät begreift sie, dass der satanisch intelligente Täter ihr eine Falle gestellt hat.

Fleetenkiller

SoKo Hamburg 13 – ein Heike Stein Krimi

Ein unheimlicher **Mörder** - der Fleetenkiller – macht Hamburg unsicher. Er hat bereits mindestens fünf junge Frauen getötet. Wurde Heike Stein zu seinem sechsten **Opfer**? Der Verdacht erhärtet sich, als im Nikolaifleet ein Schuh der Vermissten gefunden wird.

Kommissarin Melanie Russ und ihr neuer Dienstpartner Rüdiger Koslowski ermitteln auf Hochtouren, um Heike Steins Schicksal aufzuklären und den Serienmörder zu verhaften. Schon bald entsteht ein **furchtbarer Verdacht**: Hat wirklich Heikes Ex-Kollege Ben Wilken etwas mit den Verbrechen zu tun? Ist ihr die Affäre mit dem verheirateten Mann zum Verhängnis geworden?

Sperrbezirk

SoKo Hamburg 14 – ein Heike Stein Krimi

Die Hamburger Hauptkommissarin **Heike Stein** kennt nur noch ein Ziel: Den ausgebrochenen **Serienkiller** Plessner wieder hinter Gitter zu bringen.
Ob die **Tochter des Mörders** sein Versteck kennt? Kati sitzt ebenfalls im Gefängnis. Sie ist hochintelligent, skrupellos und gerissen. Die junge Kriminelle verfolgt ihre eigenen Pläne.

Als eine **bildschöne Prostituierte** grausam **abgeschlachtet** wird, führen Heike Steins Ermittlungen endlich in Plessners Richtung. Aber die Kriminalistin ist letztlich nur eine Schachfigur im perversen Spiel des Killers.
Schließlich steht Heike Stein ihrem Erzfeind allein und ohne Rückendeckung gegenüber.
Wird sie ihren härtesten Kampf gewinnen?

Pik As Mord

SoKo Hamburg 15 – ein Fall für Heike Stein

Welcher eiskalte Killer heftet **Spielkarten** an seine Opfer? Ein **brutaler Doppelmord** in der Hafencity und im Bahnhofsviertel St. Georg gibt Hauptkommissarin Heike Stein und ihren Kollegen von der Soko Hamburg Rätsel auf. Haben die Bluttaten im Zockermilieu stattgefunden? Oder hat die **Baltikum-Mafia** ihre Finger im Spiel?
Dann stellt das plötzliche Verschwinden einer jungen Obdachlosen die Ermittlungen völlig auf den Kopf.
Hat der Mörder ein drittes Opfer gefunden?
Und welcher gefährliche Fremde verfolgt so unnachgiebig Hauptkommissar Ben Wilkens Ehefrau Maja?
Als Heike Stein die **perverse Logik** der Verbrechensserie erkennt, ist es schon beinahe zu spät.
Sie muss um das Leben einer Person kämpfen, mit der sie auf ganz besondere Weise verbunden ist.
Wird die Hauptkommissarin einen weiteren Mord verhindern können?

Leichenkoje

SoKo Hamburg 16 – ein Fall für Heike Stein

Wer ist die **schöne Tote** an Bord der **Adelaide?**
Während Hauptkommissarin **Heike Stein** den Mord an einer Unbekannten im Harburger Yachthafen untersucht, kehrt ihr Kollege Ben Wilken endlich wieder zur Sonderkommission Mord zurück. Währenddessen macht ein **unheimlicher Mörder** die Hansestadt unsicher, der scheinbar wahllos zuschlägt. Oder haben die Ermittler sein **krankes System** nur nicht durchschaut?
Als Heike Stein die Wahrheit über die Frauenleiche herauszufinden beginnt, kommt sie einem düsteren Geheimnis auf die Spur. Der Mord hat eine Dimension, von der zunächst nichts zu erahnen war. Schließlich muss Heike einen Killer stoppen, der auch mit mehreren Polizeikugeln im Körper noch brandgefährlich ist …

Brechmann

SoKo Hamburg 17 – ein Fall für Heike Stein

Der grausame Mord an einem **stadtbekannten Gewalttäter** gibt Hauptkommissarin Heike Stein und ihren Kollegen von der Soko Hamburg Rätsel auf. War das Opfer in zwielichtige Immobiliengeschäfte verwickelt? Wer hat den Brechmann so gehasst, dass er die **nackte Leiche** an einen Fleischerhaken hängte? Und warum verschwinden kurz nach der **Bluttat** gleich zwei **schöne junge Frauen** spurlos? Als Heike Stein ihre Unterweltkontakte anzapft, kommt etwas Licht ins Dunkel. Doch als der Killer schließlich in die Enge getrieben wird, muss die Kriminalistin alles auf eine Karte setzen. Wird sie das Leben einer Unschuldigen retten können?

Hafengesindel

SoKo Hamburg 18 – ein Fall für Heike Stein

Produktpiraterie ist ein Millionengeschäft, bei dem ein **Menschenleben** nichts zählt. Als ein Zollfahnder im Kugelhagel stirbt, sollen Kommissarin **Heike Stein** und ihr Kollege Ben Wilken den brutalen Mord aufklären. Der Dienstpartner des Toten will **blutige Rache** nehmen. Doch das Mordopfer hatte mehr zu verbergen, als Heike zunächst erkennt. Sie begreift, dass nicht nur das organisierte Verbrechen brandgefährlich ist. Rivalisierende Unterweltbanden terrorisieren den Hafen. Und nach dem Fund einer nackten **Frauenleiche** läuft der Fall endgültig aus dem Ruder ...

Aktuelle Informationen, ein Gratis-E-Book und einen Newsletter gibt es auf der Homepage:

Autor-Martin-Barkawitz.de